ファールクランツ侯爵
リズベット
ルドルフ
マーヤ

ロビン
フレドリク
ヴィルヘルム
オスカル

扉が開き、現れたのは……

この世のものとは思えないほど、あまりにも美しい少女だった。

「お初にお目にかかります。ファールクランツ侯爵家の長女、リズベットと申します」

「っ!?」

彼女の名前に、僕は思わず息を呑んだ。だって。

――彼女こそ、十年後に僕を暗殺する予定の
〝氷の令嬢〟、その女性《ひと》なのだから。

ただの村人の僕が、三百年前の暴君皇子に転生してしまいました

～前世の知識で暗殺フラグを回避して、穏やかに生き残ります！～

1

サンボン　illustration 夕子

序章　前世は村人、今世は暴君

例えば、ふと目を覚ますと白い天井が視界に入るのと同時に、前世の記憶を思い出したりすることはないだろうか。

いや、ないよ。というかそんなこと、一万歩譲ってもないに決まっている。

じゃあ、僕がたった今経験しているこれは、どう説明すればいいのだろう。

――いきなり前世の記憶が、僕の頭の中に一気に流れ込んでくるなんて。

しかも、まさかこの僕が、皇族どころか貴族ですらない、ただの村人だったなんてね。

とはいえ、それでも今の僕よりも幸せかもしれない。

だって……こうやって、毒を盛られて生死を彷徨《さまよ》う危険もないのだから。

「っ!?　ルドルフ殿下が目をお覚ましになられました！」

「早く！　早くお医者様を！」

ああもう、うるさいなあ。

毒の影響で、まともに身体を起こすことも、声を出すことだってままならないっていうのに。

僕は再び目を閉じ、今の状況などについて考える。

そうだ……僕は皇宮主催のパーティーで侍女から受け取った果実水を飲んだ瞬間、血を吐いてそのまま意識を失ったんだ。

犯人を特定したいところだけど、心当たりが多すぎて、とてもじゃないけどそれは無理だ。

とはいえ、どうせ僕を排除したい兄上達……第一皇子のフレドリク、第二皇子のオスカル、あるいは第三皇子のロビンの手の者だろうけど。

まあ、ここで僕が死ぬなんてことはあり得ないし、最低でも十年は生きられることも間違いない。

どうしてそう言い切れるかって？

そんなの簡単だよ。

――ここは、三百年以上も前の過去の世界なのだから。

前世の僕は、毎日の生活を送るだけで精一杯だった、片田舎のしがない村人だ。

貧乏でつまらない男だったけど、そんな僕にも愛読していた本があった。

それが、この時代のことを物語として綴《つづ》った叙事詩、『ヴィルヘルム戦記』というタイトルの本だ。

内容は、西方諸国にある列強国の一つであるバルディック帝国を打ち滅ぼし、前世の僕が住んでいた国……スヴァリエ王国を建国した英雄、ヴィルヘルム＝フォン＝スヴァリエの生涯についての物語。

皇帝一族との確執による理不尽な扱いに耐えながら力を蓄える幼少期、決して心を開かない〝氷の令嬢〟と呼ばれた侯爵令嬢との恋愛模様を描いた青年期、そしてバルディック帝国の滅亡とスヴァリエ王国の誕生を記した繁栄期の三部構成となっている。

それで、どうしてただの村人の僕がその本を愛読していたのかと問われると、初恋の女性がそのヴィルヘルムが恋をした〝氷の令嬢〟との恋愛話が好きだったからという、なんとも不純な動機だったりする。

要は、その初恋の女性の気を引きたかったのだ。

教会の神父様に頼み込んで文字を教わって本を読めるようになり、『ヴィルヘルム戦記』の内容を隅々まで……それこそ一言一句覚えたため、初恋の女性との会話はすごく弾んだ。

……結局僕は振られ、その女性は隣街の商人と結婚してしまったけど。

ま、まあ、前世の僕の話はどうだっていい。

それで、この物語の中で英雄ヴィルヘルムが愛するその〝氷の令嬢〟を無理やり奪って妃《きさき》にし、悪政を敷いて〝残酷帝〟と名を轟《とどろ》かせた挙句、最後はその令嬢によって暗殺されて生涯を終える、稀代《きだい》の暴君が登場する。

それこそが今の僕、バルディック帝国第四皇子のルドルフ＝フェルスト＝バルディックなのだ。

まあ、この僕がどれだけ酷《ひど》い男なのかというと、皇位継承争いにおいて十八歳の時に三人の兄を暗殺するばかりか、父であり皇帝のカール＝フェルスト＝バルディックまでも謀殺して帝位を簒奪《さんだつ》したほどだ。

ルドルフが帝位に就いていた間は『赤い冬の時代』と呼ばれ、国民は貧困に喘《あえ》ぐ中、自分は贅沢《ぜいたく》の限りを尽くしていた。

大勢の人がどれだけもがき苦しんで死のうが何とも思わず、むしろ笑顔さえ見せるほど、『ヴィルヘルム戦記』のルドルフは壊れていた。

だけど、今の僕の現状を考えれば、それも仕方ないと思えてしまう。

ルドルフの母親は一応貴族ではあるものの身分も低く、ただ若さと美貌だけで皇帝の寵愛《ちょうあい》を受けているただの愛人だ。

おそらくは、今もその身体を使って必死に皇帝の機嫌を取っていることだろう。

毒で死にかけの僕なんて、そっちのけで。

一方、正室・側室の母を持つ三人の兄からすれば、婚外子の僕は目障りで邪魔な存在でしかない。

何せ、こんな僕でも皇子として認められている以上、皇位継承権があるのだから。

その結果として、今回のような毒殺未遂事件が起こったわけだし。

だから誰からも愛されることはなく、周りには命すら狙う敵しかいない状況に置かれていた、前世の記憶を取り戻すまでの僕が、猜疑心《さいぎしん》の塊となって自暴自棄になり、傍若無人な振る舞いをしてしまうのも当然だ。

でも……これからはそうはいかない。

このままでは僕は今から十年後、無理やり妃にした侯爵令嬢の手によって殺されてしまう。

……いや、仮に侯爵令嬢を遠ざけたとしても、第二、第三の刺客が現れる可能性は否定できないし、それ以外にも三人の兄達が生きている以上、常に殺される危険を考えないといけない。

それなら、僕がこれからすべきことは、こんな皇宮から一刻も早く逃れ、自由を得ることだ。

すると。

「ルドルフ殿下、具合はいかがでしょうか……？」

「あ……う……」

僕は、脈を取りながら尋ねる医者に返事をしようとするが、上手《うま》く声が出ない。

毒のせいでろれつが回らないということもあるし、喉が渇ききっているのも原因だろう。

「……回復には程遠いですね。まだ予断を許しませんので、このまま安静になさってください」

「…………………」

かぶりを振る医者に、仕方ないので僕は目で合図した。

そんな医者の後ろには、まるで観察でもするかのように僕を見つめている使用人達。この後、本来の主である皇妃や兄達に報告をしに行くんだろう。

医者と使用人は退室し、再び誰もいなくなった。

僕としては、そのほうがありがたい。

「あ……うう……」

大丈夫。僕は、僕の歴史を知っている。

同じ歴史を繰り返すなんて馬鹿な真似は、絶対にしない。

さあ……始めるとしよう。


――このどろどろとした最低最悪の腐り切った皇宮で、僕が生き残るための戦いを。

第一章 〝氷の令嬢〟リズベット

「ふう……ようやく手足の痺《しび》れもなくなったよ……」

僕が目を覚まし、前世の記憶を取り戻してから一週間。

両手を握ったり開いたりしながら、僕は身体の感覚を確かめる。

いくら邪魔でしかない僕だからとはいえ、さすがに寝込みを襲ってくるような者はおらず、使用人達もかいがいしく僕の世話をした。

まあ、ただでさえ皇室主催のパーティーで僕の毒殺未遂があったんだ。その直後に、さらに僕の身に何かあったら、それこそ皇室の権威が失われてしまう。

使用人達の会話からも、僕を毒殺しようとした犯人については皇室を挙げて捜索しているようだし、ここで下手な真似をしたら身の破滅だからね。

とはいえ、どうせ金に困ったどこかの没落貴族を人身御供にして、犯人に仕立てあげるんだろうけど。

「まあいいや。それよりも……」

僕はベッドから立ち上がり、かなり傷んでいる家具……というか、ほとんどの家具がかなり古くて傷んでいるんだけどね。その傍《そば》へ行くと、引き出しの中に大切にしまってある一枚の金貨を取り出して握りしめた。

この誰も味方のいない皇宮で、たった一人だけ優しくしてくれた人がくれた、僕の宝物。

といっても、その時の僕は幼かったこともあり、誰がくれたのかも覚えていない。

ただ、僕と歳の近い女の子だったことは、おぼろげながら記憶がある。

……もし再び出逢《であ》う奇跡が起きたら、その時はちゃんとお礼を言わないと。

このお守りがあったからこそ、僕はこうして今も生きているのだから。

「まあ、子供の気休めだけどね」

そう呟《つぶや》き、僕はクスリ、と笑った。

でも、そんな気休めを握りしめているだけで、僕は勇気が湧いてくるんだ。

「それじゃ、早速始めるとしようか」

僕が呼び鈴をチリン、と鳴らすと。

「……お呼びでしょうか」

「し、失礼します……」

やって来たのは、僕を担当している侍女長のタッペル夫人と、若いメイドが一人。

普段はもっと身分が下の侍女が対応するけど、さすがに毒殺未遂があったので、侍女長自ら対応するしかないと判断したのだろう。

だが、タッペル夫人は第四皇子の僕に対して不遜な態度を隠さず、『用件はなんだ』と言わんばかりに睨《にら》みつける。

逆に若いメイドのほうは、僕が暴れだしたりしないかと、怯《おび》えた様子だった。

「すまないが、僕もようやく身体を動かせるようになったので、服を用意してくれ。それと……仕事も滞ってしまったから、この天蝎宮《てんかつきゅう》の帳簿一式を持ってくるように」

「「っ!?」」

僕の言葉に、二人が思わず目を見開く。

だけど……うう、暴君らしく偉そうに振る舞おうとすると、違和感を覚えてしまう。

どうやら僕は前世の記憶を思い出したことによって、人格まで前世の頃に戻ってしまったみたいだ。

ま、まあ、この皇宮から抜け出して自由になったら、偉そうなままだとやっていけないし、このほうがいいよね。そういうことにしよう。

なお、天蝎宮というのは、僕が暮らしているこの宮殿のことだ。

フレドリクは人馬宮、オスカルは白羊宮、ロビンは金牛宮というように、皇子達はそれぞれに宮殿とその運営に必要な予算が割り当てられていた。

そして、宮殿の運営に関しては皇子達の裁量に任されているんだ。

僕のように侍従や使用人達に運営の全てを放り投げている者もいれば、フレドリクのように自分一人で管理しなければ気が済まない者、部下達と連携・協力しながら運営を行うオスカルなど、そのやり方はばらばらだけどね。

まあ、ロビンに関しては僕と同じように使用人達に任せきりで、遊び惚《ほう》けているけど。

「……ルドルフ殿下。お言葉ですが、今まで仕事もなさらずに遊び惚けていたのです。帳簿を見たところで、理解できないと思いますが？」

思ったとおり、タッペル夫人が僕に仕事をさせまいと難癖をつけてきた。

そうだよね。色々と調べられたら、この天蝎宮で僕の生活費を横領していることがバレてしまうからね。

「理解できるかできないか、それは僕が帳簿を見て判断する。それに、分からなかったらタッペル夫人が教えてくれればいいだろう？」

「そ、それはそうですが……」

僕が教わる体《てい》にすれば、彼女も嫌とは言わないだろう。

これならば、いざとなれば僕に横領を悟らせないように誘導することだってできると考えるだろうからね。

「よし、そうと決まれば腹ごしらえだ。すぐに温かいスープでも持ってきてくれ。それを食べてから、仕事をこなすことにする」

「「かしこまりました」」

安堵《あんど》した様子の二人が、一礼して部屋を出ていこうとして。

「あ、そうだ。君、ちょっと来い」

「っ!? は、はい!」

僕に声をかけられてしまい、若いメイドが身体を硬直させる。

ようやく僕から逃れられると思ったのに、一難去ってまた一難くらいに思っているんだろう。

前世の記憶を取り戻すまでの僕は、使用人達を気分次第で痛めつけたりしていたから。

今から思えば、暴君の少年時代らしく最低なことをしていたな……。

だが、今はそれが役に立つ。

「名前は何という?」

「は、はい! マーヤと申します!」

「そうか。実はマーヤに、タッペル夫人には内緒で頼みたいことがある」

「わ、私に、ですか……?」

僕は彼女に近づき、そっと耳打ちをする。

ひょっとしたら、タッペル夫人が部屋の外で聞き耳を立てているかもしれないしね。

「そ、そんなことをして、本当によろしいのでしょうか……」

「ああ。それと……もちろんこのことを誰かに告げたら、分かっているな？」

「っ!?　も、もちろんです！」

ニタア、と口の端を吊《つ》り上げた瞬間、マーヤが恐怖で顔を引きつらせた。

「よし。じゃあ頼んだぞ」

「し、失礼いたします！」

マーヤは深々とお辞儀をし、逃げるように部屋を飛び出した。

「さあ……タッペル夫人は、どんな顔をするかな？」

元々タッペル夫人も、僕を陥れようとする何者かに従っているということは分かっている。

それが、自分の身から出た錆《さび》によって、墓穴を掘ることになるんだ。

横領が発覚した時のタッペル夫人の様子、それを見ている連中の様子を思い浮かべ、僕はくつくつと嗤《わら》った。


「……帳簿はまだか」

「は、はあ……私には……」

呼び鈴を鳴らして呼びつけたメイドをジロリ、と睨みながら問い詰めるが、メイドは恐縮するばかりで身体を小さくしている。

頼んでから既に三時間も経《た》つのに一向に持ってこないところをみると、今頃は必死に帳簿の改ざんでもしているのかもしれないな。

「ハア……仕方ない。まだ体調は戻ってはいないが、ここで待ち続けていたら朝になってしまう。君、タッペル夫人のいる場所まで案内してくれ」

「っ!? しょ、少々お待ちくだ……」

「どうして僕が待つ必要がある。いいから君は、僕の指示どおりさっさと案内しろ」

「はい……」

観念したメイドは、僕を連れてタッペル夫人のいる部屋へと案内した。

「やあ。あんまり遅いから、待ちきれなくてここまで来たよ」

「っ!? で、殿下!?」

タッペル夫人が驚きの声を上げ、傍にいた中年の侍従が慌てて目の前にある帳簿に覆い被《かぶ》さった。

どうやらまだ、帳簿改ざんの真っ最中だったみたいだ。

「それで、僕に帳簿も持ってこないで何をしていたんだ？」

「そ、それはもちろん、ルドルフ殿下にご確認いただく帳簿に不備があってはいけませんので、念のため確認をしていたのです」

「そうでございますぞ！ 我々は殿下からこの天蝎宮の管理を任されている身、間違いがあってはいけませんからな！」

よくもまあ、臆面《おくめん》もなくそんなことが言えるなあ。

だが……全てを確認し終えた後で、同じ台詞《せりふ》が言えるかな？

「そうか。どうやら君達は、僕のために色々と尽くしてくれているようだな」

「「もちろんでございます」」

「分かった。では、早速見せてもらうとしよう」

僕は机に積まれている帳簿の中から、一つを適当に選び、斜め読みする。

こう見えて僕は、前世では村の教会の神父様から、経理を任されたりもしたんだ。この程度の帳簿を見るなんて、朝飯前だよ。

だけど……ふうん、上手《うま》く辻褄《つじつま》を合わせて、金の出入りを過不足なく綺麗《きれい》にしてあるな。

他の帳簿も手に取り、同じようにパラパラとめくると……お、あったあった。

僕が探していたのは、この帳簿だよ。

「ふむ……確かに帳簿を見る限り、おかしなところは見受けられないな」

「当然です。私達がしっかりと管理しておりますので」

タッペル夫人が胸に手を当て、自慢げな表情を見せた。

いやいや、横領をしているんだから、もう少し謙虚にしたらどうなんだよ。

「では尋ねるが、この宮殿に充てられている予算に対して、使った金額もほぼ同額となっている。このうち、『調度品』の費目に割り当てられているお金は、何に使っているんだ？」

「ハア……ルドルフ殿下は、やはり分かっておられませんね。いいですか？　ここは皇宮なのですから、皇室としての威厳を保たないといけないのです」

肩を竦《すく》めてかぶりを振り、タッペル夫人は小馬鹿にするように説明を始める。

「当然、ほんの少しでも威厳を損なうようなものがあれば、それらは処分して次の調度品に入れ替えなければなりません。むしろ、予算はどれだけあっても足りないほどなのです」

「なるほど……だから調度品には、特に気を配っているというのだな？」

「そのとおりです」

……呆《あき》れて物が言えないとはこのことだ。

そもそも僕は、自分の部屋の古く傷んでいる家具を見て、横領を疑ったんだぞ？

ハア……もうこれ以上は付き合っていられないし、さっさと終わらせるとしよう。

「ところで……僕の手元に、こんな帳簿があるんだが？」

「帳簿というのは……っ!?」

僕は口の端を持ち上げ、隠し持っていた一冊の帳簿を取り出してこれ見よがしに見せると、まじまじと眺めていた二人は息を呑《の》んだ。

「これは、たった今見せてもらった帳簿と同じ時期のものなんだが、こちらの帳簿だと予算が余っている。それも、半分もだ」

「そ、それは……おかしいですわ！　ここにある帳簿こそが本物で、殿下がお持ちのものは偽物！殿下は騙《だま》されているのです！」

険しい表情で、大声で叫ぶタッペル夫人。

まあ、この女がこういった答えを返してくることは分かりきっていた。

だから。

「だ、そうだが？」

後ろを振り返り、扉に向かって声をかけると。

「つ!?　マ、マーヤ!?」

「…………………………」

現れたのは、メイドのマーヤだった。

説明しなくても分かると思うけど、僕はタッペル夫人を陥れるために、呼び出した時に一緒に来たマーヤを利用した。

怯えた態度からも、少し脅せば僕の言うことを聞くと判断して。

といっても、言うことを聞かなかったら聞かなかったで、別によかったけどね。

「それでマーヤ、僕に届けてくれた帳簿が本物なのか偽物なのか、教えてくれないか」

「は、はいい……」

震えるマーヤは、僕とタッペル夫人を交互に見ながら、どう答えていいのか迷っている。

「マーヤ」

「わ、私が殿下にお届けしたものは、間違いなく本物の帳簿です！」

「マーヤ！　あなた！」

「そ、その証拠に、表紙に天蝎宮の印章が押されています！」

僕にすごまれてどうにもならなくなったマーヤは、顔を真っ青にして大声で告げた。

タッペル夫人と天秤《てんびん》にかけ、僕を選んだみたいだな。

「そこのメイド、すぐに衛兵を呼んでくるんだ」

「か、かしこまりました」

「お、お待ちください！　私はこの男に頼まれ、仕方なく！」

「う、裏切るのか！　この話を持ちかけてきたのはタッペル夫人じゃないか！」

慌ただしくメイドが駆けていく中、タッペル夫人と侍従は、見苦しい言い争いをしている。

そうだ、無様な姿をもっとよく晒《さら》してくれ。

そうすれば、天蝎宮にいる全ての使用人も、明日は我が身だと気づくだろうから。


「は、離して！　離しなさい！　殿下！」

「殿下！　どうかお許しください！」

タッペル夫人と侍従が、駆けつけた衛兵に引きずられて部屋を出ていく。

二人は必死に叫んでいるけど、僕は聞こえないふりをして窓の外を眺めていた。

なお、部屋の前は騒ぎを聞きつけた侍従やメイド達でごった返していて、息を呑んで様子を眺めている。

「さて……うるさい者もいなくなったし、これからゆっくりと帳簿を調べるとしようか。他にもたくさん不正が出てくるかもしれないからな」

「「「「っ!?」」」」

そう呟いた瞬間、使用人達は蜘蛛《くも》の子を散らすように部屋の前から退散していった。

タッペル夫人と同じような目には遭いたくないから、当然だよね。

この部屋には、僕とマーヤを残し誰もいなくなった。

「それにしてもマーヤ、この帳簿をよく入手できたね」

「は、はい！　私はこの宮殿でタッペル夫人と一緒にいる機会が多かったですので、裏帳簿の場所なども知っていましたから！」

「そうか」

僕はマーヤをまじまじと見ながら、軽く頷《うなず》くと。

「マーヤ、ありがとう。君のおかげで、腐った膿《うみ》の一部を出すことができたよ」

「は、はい……」

僕は笑顔さえ見せてお礼を告げたのに、マーヤは暗い表情でうつむく。

まあ、これからマーヤは裏切り者として、天蝎宮の使用人達から白い目で見られることになるだろうからね。

一応、フォローしておくか。

「心配はいらない。君には今日から、僕の専属侍女として仕えてもらう。そのための権限も与えるつもりだ」

「つ!?　わ、私がですか!?」

僕の言葉に、マーヤは勢いよく顔を上げた。

「あはは。僕は、信賞必罰はしっかりするつもりだよ。ちゃんと僕のために働いてくれたんだから、これは当然のことだ」

「で、ですが、一介のメイドでしかない私に、そのような大役が務まりますでしょうか……」

「当たり前じゃないか。君だって、少なくとも男爵家以上の家の者なのだろう？　なら、問題ない」

そう……皇宮で働く使用人はいずれも貴族の出の者となっており、ここに平民は一人もいない。

それなら当然、彼女だって一般教養は身につけているはずだ。そうでなければ、皇宮で働くことなんてできないのだから。

「わ、分かりました！　ルドルフ殿下のご期待に添えるよう、精一杯頑張ります！」

「期待しているよ」

そう言って、あらかじめ用意しておいた金のブローチを手渡した。

「これは……」

「もちろん、僕の専属侍女であることの証《あかし》だ。天蝎宮の中で困ったことがあれば、それを見せて専属侍女になったことと権限を与えられたことを告げるといい」

「あ、ありがとうございます！」

マーヤはブローチを恭しく受け取り、胸につけた。

「うん、よく似合っている。では、最初の仕事としてこの帳簿を僕の部屋に運ぶのを、手伝ってくれないかな」

「かしこまりました！」

ということで、僕とマーヤは帳簿を部屋まで運ぶ。

とりあえず、少なくともタッペル夫人の結末を見て、使用人達も調子に乗って不正めいたことをするのは控えるようになるとは思うし、これまでの僕へのふざけた態度も、しばらくは鳴りを潜めるとは思う。

そして、この天蝎宮での諜報《ちょうほう》活動も。

三人の兄なのか、それ以外の誰かなのかは分からないけど、毒殺未遂事件を含め、首謀者は僕を排除したいだけでなく、どこか警戒しているようにも見える。

そうでなかったら、支援してくれる貴族の後ろ盾もなく、放っておけば次の皇帝になることなんてあり得ないのに傍若無人に暴れているだけの第四皇子に対して、こんな真似をするはずがないからね。

もちろん、僕はタッペル夫人も誰かの間者だと考えてはいるけれど、そのことについての確証はない。

でも……それでも、この宮殿に間者が潜んでいることは間違いないんだ。

ねえ、そうだよね？

「？　ル、ルドルフ殿下、何かおっしゃいましたでしょうか……？」

「いいや、何にも」

振り返っておずおずと尋ねるマーヤに、僕は首を左右に振る。

マーヤは首を傾《かし》げ、また前を向いて歩きだした。

実は僕は、タッペル夫人の横領を暴くと同時に、一つ仕掛けをした。

マーヤに裏帳簿を入手して持ってこさせることを指示し、どのような対応を見せるのかを確認するために。

そうしたらマーヤは、予想どおりの行動を示した。

裏帳簿を、躊躇《ためら》いもなくこの僕に届けたのだ。

つまり……マーヤはタッペル夫人とは別の者から放たれた、間者だということだ。

それに加え、おそらくはタッペル夫人も巧妙に隠していただろう裏帳簿をあっさり見つけたことからも、夫人とは違ってちゃんと訓練された間者であることが窺《うかが》われる。

さて……この天蝎宮で権力を得た間者のマーヤは、今後どうするのかな？

できれば、期待どおりの動きを見せてくれると嬉《うれ》しいんだけど。

僕はマーヤの背中を眺めながら、口の端を吊り上げた。

タッペル夫人と侍従を捕らえてから、一か月が経過した。

皇宮での横領ということで事態を重く見た皇帝は、今回の不正について徹底的に調べた。

その結果、僕が帳簿で確認したものと同様、天蝎宮の予算の半分を自分達で着服していたようだ。

その使い道も、カジノで負けた分の借金返済や宝石の購入など、完全に私利私欲のためであることも分かった。

これによりタッペル夫人と侍従は極刑、同じくその実家であるタッペル伯爵家なども厳しい処罰を受けることとなった。

ただ。

「……まさか、この僕まで処分されることになるとは思わなかった」

そう……天蝎宮の管理不行き届きを指摘され、僕は十日間の謹慎処分となってしまった。

もちろん、処分といってもとても軽いもので、傍《はた》から見れば大したことはないと思うかもしれない。

だが、少なくとも僕は、これで父である皇帝の心証を損なってしまった。

どこか領地を与えてもらい、皇宮を出て自由を得ることを目標にしている僕にとって、これはあまりよろしくない。

あえてよかったと言えるのは、これでますます皇位継承争いから離れられるということ。

そもそも、死ぬと分かっているのに皇帝になんて絶対になりたくないし、これで三人の兄達も僕への警戒が薄れるかもしれないから。

……いや、そんなことはないか。

むしろ今回のことで送り込んだ間者であるタッペル夫人と侍従が排除されたんだから、より敵意と警戒が増す結果にしかならないね。

まあ、そっちは当初の予定どおりではあるんだけど。

「それにしても、早く明日にならないかなあ……」

謹慎になってから今日で十日目。明日になれば、僕はようやく謹慎が解ける。

のんびりとできたことはありがたいけど、それ以上に、僕にはやることがたくさんあるから。

まずは。

「うん。謝罪を兼ねて、皇帝に謁見《えっけん》しないとだな」

僕はチリン、と呼び鈴を鳴らすと。

「ルドルフ殿下、お呼びでしょうか」

マーヤが部屋にやって来て、恭しく一礼した。

おそらく、部屋の前に控えていたメイドが呼びに行ってくれたんだろう。マーヤも専属侍女になり、天蝎宮の管理などで忙しいだろうからね。

何よりこの一か月の間に、マーヤは専属侍女の権限を行使して使用人達の半分を入れ替えた。

これは、自分の主人と敵対する勢力の間者を、排除するためだろう。

僕としてはそういったことも期待してマーヤに権限を与えたんだから、思いどおりになって密《ひそ》かにほくそ笑んでいる。

たとえ周りが敵だらけだとしても、僕を狙う敵は少ないほうがいいからね……って。

「その……ルドルフ殿下？」

訝《いぶか》しげな表情で、おずおずと声をかけるマーヤ。

いけない、つい物思いにふけってしまうところは、僕の欠点だな。

「ああ、すまないマーヤ。実は、僕の謹慎が解け次第、皇帝陛下に謁見したい。陛下の侍従長に頼んでおいてくれないかな？」

「かしこまりました。すぐにそのようにいたします」

「頼んだよ」

マーヤは再び一礼し、部屋を出ていった。

◆

「皇帝陛下へお目通りが叶《かな》い、恐悦至極に存じます」

バルディック帝国皇帝〝カール＝フェルスト＝バルディック〟の私室にて、僕は傅《かしず》き首《こうべ》を垂れた。

チラリ、と皇帝の様子を窺うと……平静を装っているものの、どこか戸惑っているように見える。

まあ、それもそうか。あの傍若無人の限りを尽くしていた僕が、いきなりこんな殊勝な態度を見せたのだから。

「うむ……話は聞いている。先の件について、謝罪をしたいとのことだな？」

「はい……僕の不徳の致すところで、皇宮に損害を与え、権威に傷をつけてしまいました。誠に、申し訳ありませんでした」

僕はさらに、深々と頭を下げる。

さて……これで少しは印象が良くなればいいんだけど……って!?

「フフ……ハハハハハハハハ！」

突然、皇帝は手で目元を押さえて大声で笑いだした。

い、一体これは、どう捉えたらいいんだろうか……。

「ハハハ……いや、すまんすまん。そもそも余は、今回の件についてお主に対し怒ってはおらんよ」

「そ、そうなのですか……？」

「うむ。謹慎としたのも、あくまで他の貴族達への体裁を考えてのこと。もちろんあの者達のしたことは到底許せるものではないが、それでも二つの貴族家を潰したのでな」

なるほど、ね。

いくら皇帝とはいえ、それは貴族達の上に成り立っているのであり、支える貴族を蔑《ないがし》ろにしてはその権威も失われてしまう。

所詮《しょせん》、この国も一枚岩ではないのだから。

「なので此度《こたび》のことは気にせず、引き続き励め」

「はっ、ありがとうございます」

とりあえず、今回の謹慎に関してはこれで終わりだ。

むしろ、ここからが本番。

ありがたいことに皇帝も機嫌が良さそうだから、受け入れてくれるだろう。

「それで……謝罪の場でこのようなことをお話しするのは、とても心苦しいのですが……」

「何だ、申してみよ」

皇帝はにこやかな表情を崩さず、続きを促した。

「はっ……フレドリク兄上とオスカル兄上、それにロビン兄上は、十二歳の時に婚約をなされたと聞き及んでおります」

「うむ」

「僕も既に十四歳で、来年には成人を迎えます。今後を考えましても、身を固めておく必要があるかと思いまして……」

そう……皇帝に謁見を求めたのは、僕の婚約者を手に入れるため。

誰一人として味方のいない僕が後ろ盾を得るには、この方法しか思いつかなかった。

貴族からすれば、いくら皇位継承権があるとはいえ、婚外子の第四皇子なんて担ぎ上げようなどと思わないからね。

それに、婚約をすることでもう一つメリットがある。

それは……十年後に僕を暗殺する予定の侯爵令嬢、リズベット＝ファールクランツとの接点を避けられるから。

要は、僕を殺害する張本人のリズベットから逃れれば、少なくとも十年後に死ぬ運命はやってこないというわけだ。

もちろん、ヴィルヘルムからリズベットを奪うつもりなんてこれっぽっちもないけど、既に僕は歴史とは違う行動をしている。

ひょっとしたら、それが原因で予期せぬことが起こる危険だってあるんだ。なら、少しでもリスクを回避しておくのが得策だからね。

「なるほど……確かにな」

皇帝は、顎《あご》をさすりながら思案する。

その様子を見る限り、それなりに前向きに考えてくれているみたいだ。

「分かった。ルドルフの婚約については、余のほうで考えておこう」

「ありがとうございます。どうぞよろしくお願いいたします」

僕は再度頭を下げ、立ち上がって部屋を出ていこうとして。

「ルドルフ。これからも弁《わきま》えるのだぞ」

皇帝の言葉の意味は、文字どおり身の程を弁えろということだ。

それは、所詮婚外子でしかない僕には、皇帝は皇子として一切期待していないということを示している。

……そんなことは、分かっていたじゃないか。僕が、存在してはいけない人間であることくらい。

「……かしこまりました」

振り返って恭しく一礼し、僕は今度こそ部屋を出た。

「ふう……」

皇帝との謁見を終え、部屋に戻った僕は深く息を吐く。

目的を全て達成できたのだから喜ばしいはずなんだけど、どうにもやりきれなくて、胸が苦しい。

何もやる気が起きず、ベッドの上でごろごろしていると。

——コン、コン。

「ルドルフ殿下、お茶をお持ちしました」

「ああ……ありがとう。そこに置いておいてくれ」

僕はノックして入ってきたマーヤに一瞥《いちべつ》もくれず、寝返りを打って背を向けた。

マーヤの目的は、皇帝との謁見の内容を探りに来たってところだろう。

「……殿下、ひょっとして皇帝陛下と、何かあったのですか……？」

ほらね。心配するようなふりをして、しれっと尋ねてきたよ。

「何もないよ。皇帝陛下は寛大にもお許しくださり、それでおしまいだ」

ぶっきらぼうに答え、僕は目を瞑《つむ》った。

これ以上、マーヤと会話したくない。

なのに。

「……マーヤ、これは何の真似だ？」

「そ、その……お疲れのご様子でしたし、私の妹も、こうしてあげると落ち着きましたので……」

僕の背中を優しく撫《な》でたマーヤに詰問すると、彼女はすぐに手を引っ込めて深々と頭を下げた。

本当に、余計なことをしてくれる。

「そういったことはしなくていい。それより、用が済んだならこの部屋から出ていってくれ」

「っ!?　し、失礼しました！」

僕の不機嫌な様子を悟ったマーヤは、慌てて部屋から飛び出していった。

「まったく……」

ただの間者のくせに、僕に優しくするふりなんてするなよ。

そんなことをしたところで、僕は絶対に絆《ほだ》されて心を許して、思いどおりになんてならないんだからな。

彼女が出ていった後の部屋の扉をジロリ、と見やった後、僕はポケットの中からお守りの金貨を取り出し、ピン、と弾《はじ》く。

「そうだよ……僕に優しくする奴なんて、あの女の子を除いてこの世界にはいないんだから……」

優しくしてもらった、たった一つの思い出の金貨を手のひらで受け止め、僕はギュ、と握りしめた。

ほんの僅《わず》かに開いていた、部屋の扉に気づきもしないで。

「ルドルフ殿下！　今日ばかりは私に従っていただきます！」

「ちょ!?」

マーヤに強引に座らされ、僕は服を脱がされる。

ぼ、僕は暴君で、いずれ〝残酷帝〟と呼ばれるルドルフ＝フェルスト＝バルディックなんだぞ!?

なのに、こんなぞんざいに扱ったらどうなるか！

……なんてことは、今の僕は絶対に言わないけど。

というか、ここ一か月のマーヤの僕に対する接し方、少し馴《な》れ馴《な》れしすぎないかな!?

今みたいにやたらと強引なところが目立ってきたし、最近食事の中に僕の嫌いなニンジンが入っていることが多いし、食べないと注意してくるし。

おかげで他の使用人達も、せっかくタッペル夫人の事件で僕を恐れるようになったというのに、今じゃ僕を見てクスクスと笑う始末だよ……。

「いいですか、ルドルフ殿下。本日は婚約者となられる御方との大事な面会の日なんですよ？　少しでも殿下を気に入っていただけるよう、身だしなみはしっかりいたしませんと」

「う、うぐう……」

確かにマーヤの言うとおりだけど、釈然としない。

結局、僕はマーヤにされるがまま、婚約者候補を迎え入れるための準備を整えた……んだけど。

「こ、これはやりすぎじゃない……？」

「いいえ、そんなことはございません。女性は花の香りを好むもの。ですから、こうしてあの御方の好まれるジャスミンの花を身にまとわれれば、間違いなくお喜びになられますよ」

そのジャスミンの花を浮かべたお風呂から出ようとする僕を、笑顔で無理やり押さえ込むマーヤ。

というかマーヤ、ものすごく力が強い。

「専属侍女として殿下にお仕えしてお傍で見ておりましたが、女性の機微についてはあまり得意ではないご様子。ここは、女性である私にどうぞお任せください」

「そ、そう……？」

「そうです！」

鼻息荒く、強く頷くマーヤに、僕は何も言えなくなった。

実際、前世でも僕は初恋の女性《ひと》に振られているからなあ……。

あの時の悲しい思い出が脳裏に浮かび、僕は鼻先まで湯船に沈んだ。

そして。

「おお……！」

「ルドルフ殿下、完璧です！」

鏡に映る、マーヤのプロデュースにより見違えた姿を見て、僕は思わず声を漏らした。

いや、ここまで変わるものなんだなあ。

「ウフフ！　殿下は前髪を上げれば間違いなく美丈夫ですから、それはもうあの御方も心を奪われること間違いありません！」

「そ、そう？」

マーヤに手放しで褒められ、まんざらでもない僕は照れながら頭を掻《か》く。

とにかく、僕としてもこの婚約を成功させて、後ろ盾を得ないといけないんだ。そのためには、絶対に嫌われないようにしないと。

「そういえば、僕の婚約者候補は、どんな女性《ひと》なんだろう……」

実を言うと、僕はまだ相手の婚約者候補について、何も聞かされていない。

ただ、皇帝の使いから今日の日取りで、婚約者候補と面会することが決まったとの書簡を受け取っただけだ。

「マーヤは婚約者候補がどんな人なのか、聞かされていたりする？」

「いいえ、私は存じておりません」

「そう……」

間者のマーヤなら、ひょっとしたらその情報も入手しているかと思ったけど、そもそも知っていたところで教えてくれるはずがないか。

もし教えたら、それこそ間者失格だし。

「ルドルフ殿下、そろそろお時間です」

「分かった、行こう」

僕はマーヤを連れ、天蝎宮の玄関へと向かう。

すれ違う使用人達が、訝しげに僕を見てはひそひそと会話をしていた。

……こんな視線には慣れているから、気にしないけど。

玄関の前に立って待ち構えていると、一台の馬車がやって来て、目の前に停《と》まる。

扉が開き、現れたのは……まばゆいばかりの、あまりにも美しい少女だった。

オニキスのような艶《つや》やかな黒髪に、輝くアクアマリンの瞳。

彫刻のように整った目鼻立ちに、柔らかそうな桜色の唇。

その美しい姿はとてもこの世のものとは思えず、瞳の色も相まって氷のような冷たさが感じられた。

「……殿下、ルドルフ殿下」

「あ……ど、どうぞ手を……」

後ろからマーヤに耳打ちされて我に返った僕は、慌てて手を差し出して彼女を馬車から降ろすと。

「お初にお目にかかります。ファールクランツ侯爵家の長女、リズベットと申します」

「っ!?」

優雅にカーテシーをする彼女の名前に、僕は思わず息を呑んだ。

だって。

——彼女こそ、十年後に僕を暗殺する予定の〝氷の令嬢〟、その女性《ひと》なのだから。


「…………」

「…………」

天蝎宮の中庭のテラスで、婚約者候補のリズベットと向かい合わせに座りながら、僕は絶賛混乱中である。

いや、なんで僕の婚約者候補が、よりによってリズベットなんだよ。

確かに僕と同年代の令嬢で、皇族である僕に釣り合う身分となると侯爵以上の貴族家になるのは分かる。分かるけど、いくらなんでもこれは酷《ひど》すぎる。

この世界は、僕に死ねと言っているのでしょうか。

「ルドルフ殿下、お茶はいかがなさいますか？」

お茶はカップになみなみと注《つ》がれているのに、そんなことを尋ねるマーヤ。その瞳は、『早く話題を振って会話しろ』と訴えている。

いやいや、将来僕を暗殺する令嬢と会話なんて無理だよ。

それにリズベットには、既にヴィルヘルムっていう未来の英雄がいるんだぞ？

いくら政略結婚で、僕自身も後ろ盾が欲しいからってこれはない。

とはいえ、僕から婚約者が欲しいと頼んでおいて断ったら、それこそ皇帝の不興を買い、廃嫡からの国外追放で済めば御の字。最悪、僕の殺害ルートまであり得る。

そうなってしまったら、僕は歴史どおり暴君の道を歩むしか、選択肢がなくなってしまうよ。

なので。

「そ、その……リズベット殿も、僕との婚約についてお聞きになった時は、驚かれたのではないでしょうか……」

僕は精一杯の勇気を振り絞り、会話を試みる。

おかしいな、前世でそれなりに初恋の女性《ひと》と会話をしていたから女性との会話には慣れているはずなのに、すごくどうでもいい話題を振ってしまった。

「はい、お父様からこの話をお伺いした時は、本当に驚きました。まさか私のような者が、ルドルフ殿下の婚約者候補に選ばれるなんて、光栄すぎて……」

リズベットは仕草こそ恥ずかしそうにするものの、その表情はまるで仮面を被っているかのように変化がない。

なるほど、光栄すぎるから僕との婚約なんて取りやめにしたいと。

僕としても同意見だけど、できれば君のほうから断りを入れてくれないかな？

ほら、僕もお願いした手前、皇帝に言い出せないんだよ。

「あ、あはは……やはり、僕のような者との婚約なんて、望まれませんよね。であれば、ファールクランツ閣下を通じて、断りを入れていただければ……」

「いえ、決してそのようなことはございません」

僕がやんわりと断るように誘導しようとした瞬間、リズベットはすかさずそれを否定した。

でも、冷たさを湛《たた》えるアクアマリンの瞳は、言葉とはまるで正反対の意思を持っているとしか思えない。

あー……これは性急すぎた僕に、もっと上手くやれと言外に告げているんだな。

確かに婚約を取りやめにするにしても、それなりに理由や段取りが必要だしね。

「そうですか……でしたらよかったです」

僕は胸を撫で下ろし、安堵《あんど》したふりをした。

とにかく、皇帝に目をつけられないようにしつつ、リズベットが婚約を断りやすい状況を作ってやろうじゃないか。

「で、では、まずは僕のことを知っていただきたく……」

それから僕は、延々と自分のこと……もとい、自慢話を始めた。

といっても、この僕に自慢できるようなことなんて何もないので、多分に嘘《うそ》を織り交ぜて。

リズベットだって僕がどうしようもない皇子だということは知っているはずだから、これが嘘だってことも分かっているだろうし。

これで僕が平気で嘘をつくろくでもない人間だということを確認させれば、晴れて婚約はなかったことにできるというわけだ。

「……というように、この天蝎宮では皆が僕のことを褒めそやしています。マーヤ、そうだろう？」

ここですかさず、後ろに控えるマーヤに相槌《あいづち》を求める。

マーヤ、それはもう盛大に、僕を侮蔑《ぶべつ》の表情で見て否定してくれ。頼んだぞ？

「はい、ルドルフ殿下のおっしゃるとおりです」

「マーヤ!?」

「リズベット様も既に聞き及んでいらっしゃるかと存じますが、殿下は天蝎宮に蔓延《はびこ》っていた不正を糺《ただ》し、今はこの皇宮に新しい風が吹き始めております」

全く期待していなかった反応に、僕は思わず名前を呼んでしまった。

というか、新しい風どころか、使用人達からの失笑の嵐だよね？

「ルドルフ殿下は、本当に素晴らしい御方なのですね」

「い、いや、あははー……」

乾いた笑みを浮かべつつ、凍えそうなほど冷たい口調でリズベットが言い放った褒め言葉に、僕は背中にうすら寒いものを覚える。

おのれマーヤ、よくも裏切ってくれたな。この面会が終わったら、絶対に仕返ししてやる。

これ以上この空気に耐え切れそうにない僕が、この場をなんとかしようとして色々考えていると。

「ところで……ルドルフ殿下がまだ幼かった頃のお話を、お聞かせいただけますでしょうか……？」

表情こそ冷たさを湛えているものの、リズベットは上目遣いで窺うように尋ねてきた。

だけど、僕の幼い頃なんて、人に話せるような楽しい思い出は何一つない。

……いや、リズベットからすれば愉快極まりないかも。

だって、皇帝の命《めい》で僕との婚約話に付き合わされ、こうやって嫌な相手と面会をさせられているんだ。そんな奴がつらい目に遭う話を聞けば、少しは溜飲《りゅういん》が下がるだろうからね。

だからこそ、目の前の彼女は僕の話を求めたのだろう。

愛するヴィルヘルムに、笑い話として聞かせるために。

だったら僕も、精一杯面白おかしく聞かせてやろうじゃないか。

それこそ、淑女のマナーも忘れて笑い転げてしまうほどに。

僕はおどけて胸に手を当ててお辞儀をする。

そして。

「ではお聞きください。ただ滑稽で、間抜けで、惨めな僕の喜劇を」

既にご存じだとは思いますが、僕は皇帝陛下と愛人の間に生まれた子……つまり、婚外子です。

本来であれば僕が皇位継承権を得るなどということは、あってはならないこと。

ですが、二人の皇妃殿下を差し置いて皇帝陛下の寵愛《ちょうあい》を一身に受ける愛人……僕の母は、いやしくも皇帝陛下に願ったのです。

僕を……ルドルフを、四番目の皇子にするように、と。

理由は簡単。皇帝陛下からの寵愛を失えば、後ろ盾もなく捨てられる運命だからです。

僕は、母がその後も皇宮で生きていくための保険なのですよ。

そんな卑しい背景、誰一人として僕を認める者などおりません。

すれ違うたびに侮蔑の視線を向けられ、聞こえてくるのは『愛人の子』、『色仕掛けで生まれた出来損ない』との陰口でした。

もちろん、僕もそのことは理解しています。

僕が、生まれてきてはいけなかったことも。

何より、母は僕が第四皇子となったことをいいことに、皇宮内で横柄な振る舞いをしました……いえ、今もしていると言ったほうが正しいですね。

それこそ、二人の皇妃よりも尊大に、傲慢《ごうまん》に、まるで自分こそが皇宮の絶対者であるかのように。

ですので、皇宮にいる者達に負の感情が募ると、矛先は僕へと向けられるようになり、今までは侮蔑の視線と陰口程度だったものが、いつしか嫌がらせへと変わりました。

とはいえ、僕も腐っても帝国の第四皇子ですので、大した嫌がらせをされるようなことはありません。

せいぜい、僕のことを無視する程度です。

何度呼びかけても誰も答えず、話しかけてもそっぽを向かれ、まるで空気のように扱われるだけ。

どれだけ頑張っても、どれだけ努力しても、どんなに成果を残しても、目を向けてくれることはありませんでした。

それは、実の父である皇帝陛下や、実の母親であっても。

だから僕は、無視できないようにしてやったんですよ。

時には物を投げつけてやったり、目の前の料理をわざと床にぶちまけてやったり。

でも、それでも、使用人達はただ無言で片づけるだけ。

少々のことでは何も変わらないんです。

こうなると、僕はもう自分が生きている価値すら見出《みいだ》せず、死んでやろうと思ったこともありました。

だけど……死ねないんですよ。

怖くて、手も足も震えて、涙が零《こぼ》れてくるんです。

ただ『死にたくない、死にたくない』って、ずっと呟いて。

すると、今度は自分自身に問いかけるようになるんです。

どうして僕が悲しまないといけない？　苦しまないといけない？

これは誰が悪い？　これは誰のせいだ？

この時芽生えたのは、憎悪というものでした。

それからの僕は、加減というものをしなくなりました。

今までは気を引こうと悪さをしていましたが、相手のことを考える必要がなくなったので、気を遣う必要もありませんから。

ただ気に入らなければ暴力を振るい、気に食わなければ当たり散らす。

するとどうでしょう？　今まで無視していた連中の、目の色が変わったんです。

侮蔑だけだったものから、畏れや怒り、憎しみといったものに。

こうなると僕は、愉快でたまりませんでした。

だって、これでみんなが僕を見てくれるようになったんですから。

生まれてから一度も視線を合わせることすらなかった、三人の兄達でさえも。

……いえ、ロビン兄上に関しては、みんなが無視をしていた時であっても、積極的に僕に絡んできては『帝国の恥』だの『穢《けが》れた豚』だの、好き放題罵《ののし》っては大人の使用人達に命じて僕に暴行を加えたりしていましたよ。

でもそれって、僕の存在を認めてくれているも同然なんです。

空気以下の存在でしかない、この僕を。

だから僕は嬉しくて、ずっとずっと、この庭で笑い続けていましたよ。

嬉しさのあまり、延々と涙を零して。

「……それが、僕の子供の頃の話です」

何も言わずにただじっと僕の話に耳を傾けていたリズベットを見やり、「どうです？　面白いでしょ？」と言っておどけてみせた。

久しぶりに思い出したけど、本当に笑うしかないよ。

本当に……笑わないと、やっていられない。

すると。

「……そうですね。ルドルフ殿下のおっしゃるとおり、本当に滑稽でくだらない」

リズベットは僕から目を逸《そ》らし、表情も変えず呟いた。

はは……今は、笑いを堪《こら》えるのに必死ってところなのかな。

多分、ファールクランツ家に帰ったら、すぐにヴィルヘルムにこの話をして、二人でお腹を抱えて笑うんだろうな。

だって、二人は僕みたいな婚外子の〝穢れた皇子〟なんかと違って、帝国内でも皇室に次ぐ高貴な存在だからね。

ごみが踊る様は、下手な喜劇よりもさぞ愉快に違いない。

僕は自虐的な笑みを浮かべ、ポケットの中に忍ばせてある金貨を右手で必死に握りしめる。

これだけが、僕の心を正気に保たせてくれるから。

「おっと……長話をしてしまい、申し訳ありませんでした。玄関までお送りします」

「……はい」

僕は立ち上がると、リズベットに右手を差し出し……っ!?

――キン。

ポケットから金貨が飛び出し、大理石のタイルに落ちてしまった。

「つ！」

リズベットがいることも忘れ、僕は金貨に飛びかかるようにして押さえ、すぐにポケットにしまう。

ふう……今度から落としてしまわないように、特に注意しないと。もし皇宮の誰かに……最悪ロビンに知られてしまったら、絶対に取り上げられてしまうだろうから。

「ルドルフ様、今落とされた金貨は……」

「君には関係ない」

自分でも驚くほど低い声で告げ、顔を逸らしてリズベットの手を取り、玄関へ向かう。

リズベットもこれ以上は聞いたらまずいと思ったのか、玄関に到着するまでの間、終始無言だった。

「リズベット殿、今日はありがとうございました」

「いえ……失礼いたします」

窓越しに会釈するリズベットを乗せた馬車が、ゆっくりと遠ざかる。

「ふう……これで婚約は不成立、かな……」

馬車を眺めながら、僕は深く息を吐いて呟いた。

なのに。

「…………………どうしてこうなった？」

次の日、ファールクランツ侯爵家から届いたのは、リズベットが僕との婚約を受け入れた旨の手紙だった。

幕間　想い人

■リズベット＝ファールクランツ視点

「……以上となります」

ルドルフ殿下との面会から三日後、目の前で傅《かしず》くマーヤが、報告を終えて深々とお辞儀をしました。

「そう……それで、ルドルフ殿下は私のこと、何かおっしゃっていたかしら？」

「……リズベット様のことをおっしゃっていたというより、婚約を了承するお手紙を眺めては、しきりに首を傾《かし》げておいでです」

「？」

これは、どういう意味でしょうか……？

私との婚約を喜んでいらっしゃるのか、それとも落胆しておられるのか、判断に困るところです。

「私から見た様子ですと、やはり距離を感じておられるのだと思います。リズベット様が、あのような態度をなされるから……」

「っ!?　そ、それは仕方ないではありませんか！」

表情を変えずに蔑視の目だけを向けるマーヤに、私は思わず声を荒らげてしまいます。

だってそうではないですか。私が、どれほどルドルフ殿下にお逢《あ》いすることを楽しみにしていたか……。

幼い頃からずっと想い続けていたのですから、緊張してぎくしゃくしてしまうのも、無理もないというものです。

「では、よろしいのですか？　このままでは、ルドルフ殿下に誤解されたままとなりますが」

「そ、それは嫌です！　九年もの時を経て、やっと巡り合えたのですよ!?」

そう……私は、ルドルフ殿下と五歳の時にお逢いしております。

あの日のルドルフ殿下の愛くるしくも凛々《りり》しいお姿を……真《ま》っ直《す》ぐに私を見つめる琥珀《こはく》色の瞳を、この身も心も蕩《とろ》けてしまいそうな優しい声を思い出すだけで、私は幸せに包まれるのです。

「はああ……！　ルドルフ殿下……っ！」

「……そこまでお好きなのですから、もう少し愛想よく振る舞えばよろしかったですのに。今の殿下であれば、リズベット様のそのお姿を見れば誤解も解けて、間違いなく溺愛《できあい》していただけると思うのですが」

せっかくあの日のルドルフ殿下を思い浮かべていたというのに、マーヤのせいで台無しです。

そもそもマーヤは私の侍女兼護衛なのに、どうしてこう遠慮がないといいますか、主《あるじ》を主とも思っていないといいますか……。

まあ、これは今さらなのでもういいですが……。

「……それよりも、やはりマーヤの言っていたように、ルドルフ殿下で間違いなかったわね」

「はい」

私とマーヤは頷《うなず》き合います。

ルドルフ殿下が不意に落とされた、あの一枚の金貨。

あれこそが、あの日に私が差し上げたお守りなのですから。

ふふ……今思い出しても、金貨を初めてご覧になったルドルフ殿下の無邪気な笑顔は最高です。至高です。究極です。

「……リズベット様、だらしない表情をなさっていますよ？」

「ええ!?」

マーヤの指摘に、私は恥ずかしさのあまり両手で顔を覆い隠しました。

い、いけません。ルドルフ殿下のことを考えると、どうしても顔が緩んでしまいます。

この私は、帝国の武を象徴するファールクランツ家の者だというのに。

「コホン……ですが、マーヤに皇宮に入ってもらって、正解でしたね」

元々、マーヤには悪名高いルドルフ殿下の監視と、私の想い人を探していただくために、三か月前に皇宮に潜入させていました。

それより前から、お父様の命《めい》を受けたファールクランツ家の手の者が潜入はしておりましたが、あのことがあったために、お父様とは別に、私は最も信頼のおけるマーヤにお願いしたのです。

マーヤが皇宮に入ってすぐにルドルフ殿下の毒殺未遂事件が起こり、犯人は捕らえられて処刑されたものの、真犯人が別にいることは明白。

この事件に蓋《ふた》をしてしまうために、皇室が速やかに幕引きをしたのでしょう。

真の犯人は、それほどの人物だったということです。

ですから、ルドルフ殿下の本当のお姿を知ったのは毒から回復された後ではあるものの……ふふ、やはり噂などあてになりませんね。

面会の時にお逢いしたルドルフ殿下は、少しおどけたりしてはおられましたが、私に誠意ある対応をしてくださいました。

何より……ルドルフ殿下の琥珀色の瞳は、あの日と同じく温《ぬく》もりを湛《たた》えておりましたもの。

ですが。

「……ルドルフ殿下が、相も変わらずあのような仕打ちを受け続けていらっしゃったなんて……っ」

面会の時に、ルドルフ殿下からお聞きした幼少の頃のお話。

あまりの理不尽に、不条理に、救いのないお話に、怒りのあまりそのような仕打ちをした者達を、即刻処断してやりたかった。

もちろん、たとえそれが皇族であったとしても、関係ありません。

それに……私はもう、あの日の私じゃない。

「マーヤ。ルドルフ殿下は、今も同じように酷い扱いを受けていらっしゃるのかしら？」

「いいえ。既にご報告しておりますタッペル夫人と侍従による横領事件以降、ルドルフ殿下に不敬を働く者はおりません。何より、そのような者達は、専属侍女であるこの私が全て排除いたしました」

胸に手を当て、どこか誇らしげな様子のマーヤ。

特に、『専属侍女』という部分を強調しているところに、少し苛立《いらだ》ちを覚えます。

わ、私だって、ルドルフ殿下の特別でありたいのに。

「マーヤ。絶対にルドルフ殿下をお守りし、全力でお支えするのです。分かりましたね」

「かしこまりました。このマーヤ＝ブラント、命に代えましても」

マーヤは再び傅き、恭しく首《こうべ》を垂れました。

「ところで……あの者については、どうなさいますか？」

「どうもこうもないわ。あろうことか、この私をたぶらかそうしたんですもの。ファールクランツ家を敵に回したこと、はっきりと教えておやりなさい」

「かしこまりました」

マーヤがニタア、と口の端を吊《つ》り上げ、この場から消えました。

それにしても、かろうじて皇族の一員というだけしか取り柄《え》のない公爵家風情が、調子に乗ってくれたものです。

ファールクランツ家の後ろ盾が欲しくて必死なのでしょうが、そうはまいりません。

何より、私の全てはルドルフ殿下のためにあるのですから。

今も皇宮にいらっしゃるルドルフ殿下を思い浮かべ、私はクスリ、と微笑《ほほえ》んだのでした。

第二章　あの日の君

「ハア……気が重いなあ……」

リズベットの面会の日から一週間が経過し、僕は重い足取りで皇帝の私室へと向かっている。

もちろん、リズベットとの婚約が成立したことを報告するためだ。

いや、皇帝だって自分がリズベットとの婚約の段取りをしたのだから、結果くらい知っているだろうに、なんでわざわざ報告しなきゃいけないんだ。

……なんて、ぼやきたいところだけど、僕が婚約をお願いした以上、そのお礼も兼ねて報告をするのが筋というものか。

僕は色々と諦めつつ、お供……というか、マーヤも連れずに通路の角を曲がろうとすると。

――ドンッ。

「わっ!?」

誰かとぶつかってしまい、尻餅《しりもち》をついてしまった。

よそ見していた僕も悪いけど、一体誰だよ……って。

「フン……まさか、〝穢《けが》れた豚〟だったとはな」

あーもう。今日の僕、絶対についてないよ……。

よりによって、相手が第三皇子のロビンだなんて。

「ロビン兄上、ご機嫌麗《うるわ》しゅう……っ!?」

立ち上がってお辞儀をする僕の横腹に、衝撃が走る。

二人いるロビンの従者のうちの一人が、蹴りを入れたみたいだ。

ハア……毒を盛られてから初めて顔を合わせたというのに、早速これか。

というか、部下の躾《しつけ》がなってないんじゃないかな。仮にも僕、第四皇子だよ?

まあいいや。これまでのようにはいかないことを教えてやるためにも、ちょっとだけやり返してやろう。

「……これはどういうつもりですか？」

「どういうつもり？　フフン。どうやら毒のせいで、ますます家畜なみの知能になったみたいだな。なあ、そう思わないか？」

僕が睨《にら》みつけてやると、ロビンは鼻を鳴らして取り巻きの従者二人に同意を求める。

従者達も、薄ら笑いを浮かべながら「そのとおりです、殿下」だの、「ご慧眼《けいがん》、おみそれいたします」だの、ひたすらおべっかを使っていた。

この従者の振る舞い、いくら皇宮内での処世術とはいえ、あまりにも恥ずかしいな。

少なくとも、ここまで卑屈になるほど持ち上げたところで、ロビンに未来なんてないのに。

どういうことかって？

実は、歴史上では僕が暗殺することにはなっているものの、ロビンってその前に失脚するんだよね。

今から三年後、皇帝の命《めい》によって大軍を引き連れ、意気揚々と北部の異民族鎮圧に向かったものの、逆に返り討ちに遭って大敗を喫し、部下や兵士を見捨てて命からがら逃げ帰ってくるんだ。

それにより、ロビンの皇位継承権は剥奪《はくだつ》。身分もお情けで伯爵位をもらって、へき地へ追いやられた。

とはいえ、いつか皇室の血を利用しようと考える輩《やから》がいるかもしれないので、将来の憂いを絶つために落ちぶれたロビンを暗殺したというわけだ。

「貴様、豚の分際でロビン殿下へのその態度、言語道断！　殿下に代わり、この俺が躾《しつ》けてくれる！」

「がっ!?　ぐう……っ」

ロビン達よりも体格の良い従者が、ますます調子に乗って僕に殴る蹴るの暴行を加える。

いやいや、僕は皇子でここは皇宮だよ？　こんな問題を起こしたら、極刑に……は、ならないんだよなあ……。

それくらい、僕は皇宮内で無視され続けてきたし、誰一人としてコイツらの所業を報告する奴もいない。

だから、僕自身が皇帝に訴えるしかないんだけど……はは、本当に馬鹿だよね。

そんなことだから、近い将来痛い目に遭うんだよ。

「いてて……いや、派手に殴ってくれたね。おかげで僕の顔、あざだらけだと思うんだけど……」

「フン、少しは見られる顔になったじゃないか。そう思いますよね、ロビン殿下」

「ハハハ、まあな」

そうかー、僕の顔、見られるようになったかー。

僕は、もうオマエの顔を二度と見ることはないだろうけど。

「じゃあ用件は済みましたね。ですが……あーあ、皇帝陛下の面会に遅れた理由、ちゃんと説明しないと」

「「っ!?」」

もう遅いよ。

僕ははっきりと告げ口するよ？　ロビンの従者が僕に暴行を加えたせいで、面会の時間に遅れてしまったことを。

その証拠は、この顔にしっかりと刻まれているしね。

「ま、待て！　貴様、このことを父上に言えばどうなるか……！」

「どうなるかは、陛下にお伝えしてから考えますよ。あ、このまま僕を引き留めたり攫《さら》おうとしても無駄ですよ？　ほら」

僕が通路の先を指し示すと、初老の使用人……皇帝に仕える侍従長が、こちらに向かってきていた。

まあ、これくらい遅れていれば、様子を見に来るよね。

「ルドルフ殿下……？」

「申し訳ありません。ロビン兄上の従者に暴行を受け、お約束の時間に遅れてしまいました」

僕は侍従長に深々と頭を下げる。

でも僕の口元は、それはもう三日月のように吊《つ》り上がっているに違いない。

「……皇帝陛下がお待ちです。急ぎ向かいましょう」

「はい」

「「…………………」」

顔を真っ青にしたロビンと従者達を置き去りにし、僕は侍従長の後に続いて皇帝の待つ部屋へと向かった。

「ふむ、それは災難だったな」

「遅れてしまい、誠に申し訳ありません」

侍従長からの話を聞いて顎《あご》をさする皇帝に、僕は跪《ひざまず》いて深々と頭を下げ、許しを乞う。

いくらロビン達のせいだとはいえ、遅れてしまったことも事実。ここは下手な言い訳をせずに、謝罪に徹するのが一番だ。

それよりも。

「ウフフ……陛下、こんなの・・・・放っておいて、私とお茶をしませんこと？」

……どうしてここに、母親がいるんだよ。

実の息子をつかまえて『こんなの』呼ばわりはいいとして、十四歳の息子の前で卑猥《ひわい》な格好を晒《さら》して、何を恥ずかしげもなく、猫撫《ねこな》で声《ごえ》で皇帝に媚《こ》びを売りまくっているんだよ。気持ち悪い。

「まあ待て、ベアトリス。ルドルフの話を聞いたら、すぐに相手をしてやるから」

まるで猫をなだめるかのように、苦笑する皇帝が白銀の髪を優しく撫でると、母は口を尖《とが》らせるも大人しく引き下がった。

やはり皇帝の愛人だけあって、引き際というものを心得ているらしい。

見ている僕は、気持ち悪くて吐きそうなんだけど。

「それで、お主の報告というのは、ファールクランツ家の令嬢との婚約の件ということでよいのだな？」

「はい。皇帝陛下のお心遣いにより、この度リズベット嬢との婚約と相成りました。誠に、ありがとうございます」

「うむ、よいよい。これからは、そのリズベットを大切にしてやるのだぞ？　この、余のようにな」

「まあ！」

皇帝に腰を抱かれ、嬉《うれ》しそうに飛びつく母。

知ったことではないけど、これ以上この女の姿を見ていたくない。

「まったく……そんなくだらないことで邪魔をして……」

「そう言うな」

「あん、もう……」

「……失礼します」

恭しく一礼し、僕は部屋を後にする。

背中越しに聞こえる、実の母の嬌声《きょうせい》を聞きながら……って。

「マーヤ？　それに……リズベット殿!?」

「ルドルフ殿下、失礼いたします」

「え!?　ちょ!?」

なぜか部屋の前でマーヤと一緒に待ち構えていたリズベットが詰め寄り、僕の顔をペタペタと触る。

いやいやいや!? なんでリズベットが、皇宮にいるの!?

「ルドルフ殿下、急ぎお部屋へ戻りましょう。まずは傷の手当てをいたしませんと」

「わっ!?」

強引に腕を引っ張られ、僕はリズベットに引きずられるように自分の部屋へと戻った。


「いてて……そ、それで、どうして君がここにいるのですか……?」

天蝎宮《てんかつきゅう》の自分の部屋に戻ってリズベットの手当てを受ける中、僕はおずおずと尋ねる。

「決まっております。婚約者であらせられる、ルドルフ殿下にお逢《あ》いするためです。それよりも、お聞きしたいのは私のほうです。どうして殿下は、このように怪我《けが》をなさっているのですか?」

「え、えーと……」

真《ま》っ直《す》ぐな答えと核心を突く問いかけに、僕は言い淀《よど》んでしまう。

ロビンの取り巻きに暴行されたと説明するのは簡単だし、それを話せば僕に幻滅して、ひょっとしたら婚約破棄できるかも……って、さすがにそれは無理か。

皇帝とファールクランツ家とが正式に婚約を認めたんだ。いわば、これは国と貴族家の契約行為。それをくだらない理由で婚約破棄ということになれば、互いの威信にかかわる。おいそれと簡単にできるものじゃないんだ。

何より……第四皇子ともあろうものが、たかだか従者に暴行を受けたなんて、それこそ威厳も何もあったものじゃない。

要は、僕の中にあるちっぽけな誇りがそれを許さないんだよ。

ましてや、それが婚約者で、将来僕を暗殺する予定の敵であればなおさらだ。

「……分かりました。お答えいただけないということであれば、これ以上はお聞きしません」

「あ……」

表情を変えず、冷たいまなざしで僕を見つめるリズベット。

でも……そのアクアマリンの瞳は、どこか怒っているようで、悲しそうで……。

「はい、これでおしまいです」

「あ、ありがとうございます」

手当てをしてくれたリズベットに、僕は素直にお礼を言った。

それにしても、やけに手際がよかったなあ。

「このようなことを聞いて失礼かもしれませんが、その……リズベット殿は、怪我の手当てに慣れているのですか？」

「はい。ご存じだと思いますが、ファールクランツ家はバルディック帝国における武の象徴。訓練で怪我をすることも日常茶飯事ですので」

「え、ええと……それは、リズベット殿も、ですか……？」

「もちろんです。私も五歳の頃から、槍術《そうじゅつ》をたしなんでおります」

「そ、そうですか……」

ううむ……さすがは僕を暗殺する予定の〝氷の令嬢〟。荒事には慣れているってことか。

これは、ますます敵《かな》わないぞ？　どうしよう。

「ですが、このようにルドルフ殿下が怪我をなさっていては、婚約者である私も心配で気が気ではありません。これからは、毎日ご様子をお伺いしにまいります」

「ええ!?」

ちょ、ちょっと待って!?

どうしてそういうことになるの!?

「い、いえ！　今回のことはたまたまですから！　なあ！　マーヤ！」

僕は傍《そば》に控えるマーヤに同意を求める。

頼む！　お願いだから、僕と口裏を合わせて！

「今回はたまたまかもしれませんけど、いつまた同じような目に遭うとも限りません。専属侍女の私としては、心配です……」

「マーヤ!?」

おのれマーヤ、ここでも裏切ったか。

「そうですね。もし同じようなことがあっても、私がいればルドルフ殿下においそれと手を出せないはず。やはり、これからは毎日お伺いして、できる限りご一緒にいる時間を作ろうと思います」

「い、いや！　さすがにそれは申し訳ないですよ！」

「何をおっしゃいますか。ルドルフ殿下の身の安全以上に、大事なことなどありません」

胸に手を当て、冷たい瞳で僕を見つめるリズベット。

将来僕を暗殺するくせに、何を言っているんだと突っ込んでやりたいけど、どうやら僕に選択権はないらしい。

「どうかよろしくお願いします……」

「お任せください」

凛々《りり》しい表情で優雅にカーテシーをするリズベットとは対照的に、僕は乾いた笑みを浮かべるのが精一杯だった。


今日、ロビンの従者二人が処刑された。

罪状はもちろん、第四皇子への暴行だ。

これにより、主人である第三皇子のロビンは管理不行き届きにより一か月の謹慎処分、従者達の実家である貴族家も、もれなく取り潰《つぶ》しとなった。

いくら婚外子の出来損ないとはいえ、さすがに顔面を腫らして皇帝に謁見《えっけん》すれば、このような結果になるのは目に見えていた。

そんなことも理解できずに調子に乗ってあんな真似をしたのだから、馬鹿としか言いようがない。

そうではあるんだけど、そんな暴挙すら許されてしまっていたのが、これまでの皇宮であり、僕という人間だったのだ。

だけど、僕だって十年後のその先も生き続けるために必死なんだ。手をこまねいてただやられているだけなんて、絶対に許容できない。

これからも、同じような真似をする者が現れたら、その時は全力で排除するだけだ。

なのに。

「ルドルフ殿下、今日も素晴らしい天気ですね」

「あ、あはは……」

どうして僕は今、自分を暗殺する予定の〝氷の令嬢〟と、二人で庭園を散歩したりしているんでしょうかね？

というか、僕が生き残るためには元凶であるリズベットから離れることが最も重要なはずなのに、婚約までして逃げられなくなっちゃっているし。

しかもあれだよ？

僕もリズベットも、ロビンの従者達の処刑に立ち会った帰りに平然とこんなことをしているんだから、思わず神経を疑いたくなるんだけど。

でも、婚約をしてしまった以上、もはや婚約破棄はほぼ不可能だ。

そうなると、僕は暗殺されないように全力で彼女の機嫌を取って、少しでも関係改善に努めるしかない。

恋人同士……いや、友達の関係は無理だとしても、せめてすれ違えば挨拶を交わす程度の仲にまで発展すれば、罪悪感で暗殺をしようなんて考えないと思うから。そうであってください、お願いします。

祈るように頭の中で反芻《はんすう》し、少しでも印象を良くするために微笑《ほほえ》んでみせると。

「ところで……お互い十五歳になれば成人を迎えることとなりますが、その……ルドルフ殿下はどうなさるのですか？」

リズベットがアクアマリンの瞳で僕を見つめ、抑揚のない声で尋ねる。

バルディック帝国では、皇族や貴族の人間は先々代の皇帝が創設したとされる帝立学園に入学するのが一般的だ。

三人の兄達もこの学院に入学しており、フレドリクは来年卒業、オスカルとロビンは来年も在学していることになる。

ただし、だからといって必ず入学をしないといけないわけじゃない。

例えば、当主が不慮の事故により不在となった時は、学園に通っている暇なんて当然ないわけだし、皇族も喫緊の使命を果たさなければならない時などの、特例はあるのだ。

とはいえ。

「もちろん、帝立学園に入学するつもりです。それをしない理由もありませんから」

僕は肩を竦《すく》め、リズベットに答えた。

さすがに第四皇子の僕が帝立学園に通わないという選択肢は、認められないからね。

「では、来年からずっとご一緒できますね」

前へと向き直り、リズベットは感情のこもっていない言葉を呟《つぶや》く。

でも、なぜか僕は気になってしまった。

「……リズベット殿、よろしいのですか？」

「？　何がでしょうか」

「その……僕も噂《うわさ》程度でしか聞いたことはありませんが、君とスヴァリエ公爵家の子息とは、幼い頃から懇意にされていたとか……」
そう……リズベットと英雄ヴィルヘルムは、この段階で既に繋《つな》がっているはず。
前世で読んだ『ヴィルヘルム戦記』においても、リズベットとヴィルヘルムが幼い頃に出逢って
いて、その時の思い出がきっかけで恋仲になったとの描写が、確かにあったのだから。
僕と婚約を結ぶことも、毎日のように一緒にいることも、彼女にとっては苦痛でしかないはずな
んだ。
なのに……リズベットは、どうして今日も僕の隣にいるのか……って!?
「え、ええとー……リズベット、殿……？」
「…………………」
彼女と初めて面会してからこれまで、こんなにも露骨に顔をしかめ、不機嫌な様子を見せたこと
があっただろうか。いや、ないよ。
表情を変えず、冷たい視線を僕に向けることはあっても、こんなに感情を露《あら》わにするなんて……。
「ひょ、ひょっとして僕は、君を不快にさせてしまうようなことをしてしまったのでしょうか
……？」
リズベットが怒っている原因が分からず、僕はおろおろしてしまう。
せっかく少しでもリズベットとの関係改善を図る方向に舵《かじ》を切ったっていうのに、いきなり台無
しじゃないか。
「……いいえ、決してルドルフ殿下が悪いわけではありません。ですが、申し訳ありませんがあの
者の話だけはご遠慮いただけますでしょうか」

「は、はい……」

え、ええー……リズベットの言っている『あの者』って、ヴィルヘルムということでいいんだよね？

だけど、どうしてこんなにヴィルヘルムの話題を嫌がるんだろう。

あれかな？　今、ヴィルヘルムとは喧嘩《けんか》をしている最中だったりとか。

あるいは、僕との婚約はヴィルヘルムの策によるもので、最初から暗殺目的だったり……いや、さすがにそれはない。

だって僕、何の力も後ろ盾もない、しがない第四皇子だし。

ますますリズベットの目的や交友関係が分からなくなったんだけど。

というか、『ヴィルヘルム戦記』ではヴィルヘルムに次いでリズベットのことが記されていたものの、こんな展開はなかった。

これって、僕がタッペル夫人達の横領を暴いたり、皇帝に婚約を願ってみたりしたから、歴史が変わってきている……？

……いやいや、さすがにそう考えるのはまだ早いだろう。

ほんの少しイレギュラーなことをしただけであって、歴史そのものに影響を与えるほどじゃないと思うから。

僕は不思議に思いつつも、この日はご機嫌斜めのリズベットの機嫌取りに終始した。

リズベットと婚約をしてちょうど三か月、今日も僕はリズベットと天蝎宮の庭園でお茶をしている。

婚約当初のリズベットは表情も変えず、冷たい視線ばかりを向けてきて針のむしろ状態だったけど、今では……うん、全く表情は変わらないね。

それでも、『ヴィルヘルム戦記』で〝氷の令嬢〟としてあれだけ持ち上げられているだけあって、間違いなく綺麗《きれい》だ。

ハア……彼女も、笑えばもっと可愛《かわい》いと思うんだけどなあ……。

「ルドルフ殿下、浮かない表情をなさっていますが、どうしたのですか？」

「っ!? い、いえ、その……ちょっと考え事を……」

「……そうですか」

いけない、ボーッとしている場合じゃないよ。

この三か月で、少しだけ僕もリズベットの機嫌というものが分かるようになってきたけど、僅《わず》かに口を尖らせている彼女は、間違いなく拗《す》ねている。

……よくよく考えてみたら、これまで誰にも相手にされないか、あるいはロビンにされたように侮蔑《ぶべつ》を向けられるか、そのどちらかだったのに、今ではリズベットとマーヤだけは、この僕に接してくれている。

将来僕を暗殺する女性と、何者かの間者というのが、なんとも僕らしいけど。

「今度はどうして笑っていらっしゃるのですか」

「す、すみません！」

ますます不機嫌になったリズベットの言葉に、僕は反射的に直立不動になった。

うう……ちゃんとリズベットに集中しよう。

「こ、こちらのお菓子も美味《おい》しいですので、どうぞお召し上がりください」

少しでも機嫌を取ろうと、僕は色鮮やかなマカロンと小さなショートケーキを皿にのせ、リズベットに差し出すと。

「もう……」

と、彼女は腑《ふ》に落ちないといった様子で皿を受け取る。

でも、いくつも手に取っては口に放り込んでいるところを見ると、機嫌は直ったみたいだ。よかった。

「ルドルフ殿下も、リズベット様の扱いに慣れたようですね」

マーヤ、そういうことを耳元でささやくのはやめてくれないかな？

多分、今の僕はすごく微妙な顔をしているに違いない。

「……ところで、その……本日はルドルフ殿下にお願いがあります」

「僕に、ですか……？」

どこか意を決したように話すリズベットに、僕は思わず身構える。

そのお願い、絶対にろくなことじゃないとみた。

「はい。実は一週間後、私の誕生日でして……」

「誕生日!?」

思っていたほどどろくでもないことじゃなかったけど、つまりリズベットの誕生日を祝えってことだよね？

どうしよう。一週間でリズベットが満足できるようなプレゼントを用意することができるかな……。

だけど、このまま彼女と婚約を続けざるを得ない状況を考えると、少しでも機嫌を取って関係改善を図る上では、この誕生日は悪い話じゃない。

ただし、僕が失敗しなければ、だけど。

「それで、殿下には私の誕生日パーティーに、婚約者としてご出席いただきたいのですが……」

上目遣いで僕の顔を覗《のぞ》き見るリズベット。

いつもの凛《りん》とした姿とは違い、アクアマリンの瞳には不安のようなものが見て取れた。

だけど……正直なところ、僕的には普段の冷たい印象とのギャップで、胸が高鳴ってしまっている。

「そ、その、僕でよければ喜んで」

「っ！　あ、ありがとうございます！」

リズベットは身を乗り出し、先ほどと打って変わって瞳を輝かせた。

そんなリズベットに思わず魅了されつつも、僕は違和感を覚えてしまう。

どうして彼女は、そんなに喜んでくれるんだろう……。

だってリズベットは、『ヴィルヘルム戦記』では暴君のルドルフが言い寄っても顔を背け、決して心を開いたりはしなかった。

実際、帝国の全てを差し出そうとしたルドルフに対し、むしろ憐《あわ》れみを向けるほどに。

なのに、目の前の彼女はこの僕に対して、間違いなく心を開こうとしてくれている。

最初は冷たい印象しかなかったけど、彼女のことを知るにつれ、ただ不器用なだけなんだと思わせるほどに。


それが余計に、僕を惑わせる。


「では、一週間後を楽しみにしております」

「は、はい、どうぞよろしくお願いします」

馬車に乗り込んでからも、確認するかのようにそう言うリズベット。

そんな彼女の様子に、僕も悪い気はしない。

リズベットを乗せた馬車が、ようやく見えなくなると。

「……マーヤ」

「はい」

「すまないが、今から告げるものを大至急用意してくれ。絶対にだ」

「かしこまりました」

僕の意図に気づいたマーヤが、恭しく一礼した。

そして迎えた、一週間後のリズベットの誕生日パーティー当日。

「…………………」

「ど、どうぞよろしくお願いします……」

ファールクランツ侯爵邸の玄関の前で仁王立ちするリズベットの父、ドグラス＝ファールクランツ侯爵に出迎えられた。

いや、怖いよ。

僕を見る目、明らかに敵視しているとしか思えないし。

それに、なんといってもバルディック帝国の武の象徴であり、その黒髪から〝黒曜の戦鬼〟と恐れられる帝国最強の将軍だからね。威圧感が半端ない。

せめてマーヤが傍にいてくれたら心強かったんだけど、さすがに婚約者であるリズベットの手前、他の女性を伴って出席するのは失礼にあたるからね……彼女はお留守番だ。

それはさておき……そろそろ、僕を屋敷の中へ案内してもらえないかなあ。

さっきから他の招待客が、僕と侯爵を訝《いぶか》しげに見ているんだけど。

すると。

「あなた、そろそろ……って、まあ！　ルドルフ殿下、ようこそお越しくださいました！」

侯爵を呼びに来たらしい亜麻色の髪の夫人が、僕を見るなりカーテシーをした。

その様子や顔立ちから察するに、リズベットの母君だろう。

「ルドルフ＝フェルスト＝バルディックです。本日はお招きいただき、ありがとうございます」

「リズベットの母、テレサ＝ファールクランツと申します。殿下にお会いできますこと、光栄に存じます」

右手を胸に当ててお辞儀をする僕に、ファールクランツ夫人は改めてカーテシーをする。

僕はこれまで皇宮主催のパーティーしか出席したことがないし、そのパーティーでも常に壁の花と化していたので、ファールクランツ侯爵を含め、初対面なのだ。

「さあさ、どうぞ中へお入りくださいませ。娘のリズベットも、殿下のお越しを心よりお待ちしておりますので」

「ありがとうございます」

夫人に促され、僕は屋敷の中へ入るんだけど……侯爵が忌々《いまいま》しげに僕を睨んでいる。

でも、何も言わないところを見ると、どうやらこの家の主導権は夫人にあるみたいだ。

「リズベット！　ルドルフ殿下がお越しになられましたよ！」

大声で叫びながら、勢いよく扉を開けるファールクランツ夫人。

なんというか、武門の家は豪快だなあ……って。

「あ……」

瞳の色と同じ、淡い青色のドレスに身を包むリズベットを見て、僕は思わず息を呑《の》む。

綺麗なのは重々承知しているけど、今日は一段と綺麗だ……。

「ルドルフ殿下。本日はお越しくださり、ありがとうございます」

「え？　あ、は、はい。こちらこそお招きいただき、ありがとうございます」

リズベットに声をかけられて我に返った僕は、慌ててお辞儀をした。

「うふふ。パーティーの開始まで、どうぞお二人でおくつろぎくださいな」

「あ、ありがとうございます」

ファールクランツ夫人が部屋を出て、僕とリズベットの二人きりになる。

「…………………」

「…………………」

困ったぞ。何を話せばいいんだろう……。

「「あの……」」

しまった！　被《かぶ》ってしまった！

「あ……リズベット殿からどうぞ」

「いえ、殿下からどうぞ」

「「………………」」

駄目だ、このままじゃ埒《らち》が明かない。

僕は意を決し、口を開く。

「そ、その、リズベット殿……とても、綺麗です……」

「っ！　……嬉しいです」

……本当に目の前の彼女は、あのリズベットなのだろうか。

女神のような美しさもさることながら、表情こそ変わらないものの、僕の褒め言葉に頰《ほお》を赤らめて恥ずかしそうにうつむく姿は、とても僕を暗殺する〝氷の令嬢〟には思えない。

何より、彼女にはヴィルヘルムという相手がいるのに、いいのかな……。

そのことが頭をよぎり、ちくり、と胸が痛む。

「そ、そうだ。実はリズベット殿の誕生日を祝って、僕からプレゼントがあるんです」

この胸の痛みを誤魔化すために、僕は懐に忍ばせてあった小さな箱を取り出し、リズベットに手渡した。

「開けてもよろしいですか……？」

「もちろんです」

「では……」

リズベットがゆっくりと箱を開けると。

「綺麗……」

箱の中身は、リズベットの瞳の色と同じ、アクアマリンをあしらった指輪だ。

『ヴィルヘルム戦記』の中で僕を暗殺して自らも命を絶とうとしたリズベットを止めたヴィルヘルムが、プロポーズの言葉とともに差し出したもの……それが、この指輪なのだ。

だから、僕もそれに倣い、タッペル夫人の横領を暴いて得た資金を使って同じような指輪を用意したわけなんだけど……その指輪を、同じアクアマリンの瞳で愛《いと》おしそうに見つめる彼女を見て、僕は余計に胸を詰まらせた。

だから、どうしてそんな目をするんだよ。

僕は、ヴィルヘルムじゃない、ただの暴君なのに。

「ルドルフ殿下、ありがとうございます。本当に……本当に、こんなにも嬉しいプレゼントをいただいたことはありません」

指輪を握りしめ、不器用な彼女が心からの喜びを一生懸命に伝えようとする。

僕は……。

「あ……」

「せっかくの指輪ですから……」

リズベットの左手を取り、指輪を薬指にそっとはめた。

「似合い、ますか……？」

「もちろんです。君ほど、この指輪が似合う女性はいません」

おずおずと問いかけるリズベットに、僕はニコリ、と微笑んで答える。

……今日くらい、ヴィルヘルムでなくて僕が彼女のパートナーでも、その……いいよね。

そろそろ会場へエスコートしようと、僕は彼女の手を取ろうとした。

その時。

――コン、コン。

「リズベット……」

「「っ⁉」」

燃えるような赤い髪に琥珀《こはく》色の瞳を湛《たた》えた一人の男が、部屋の中に入ってきた。

もちろん僕は、この男が誰なのかをよく知っている。

そう……この男こそ、前世の僕が何度も読み返した『ヴィルヘルム戦記』の主人公で、スヴァリエ王国を建国した英雄。

──ヴィルヘルム＝フォン＝スヴァリエ。

なんだ、やっぱりリズベットはこの男と繋がっていたんじゃないか。

そうじゃなきゃ、彼女の部屋の場所なんて知るはずもないし、何より、こんな気軽に顔を出せるはずがない。

結局は、僕との婚約も皇帝の命令で仕方なくだし、むしろ僕のことを揶揄《からか》っていたというのが正解なんだろうね。

なのに。

「……どうしてあなたがこの屋敷にいて、断りもなく私の部屋の扉を開けているのでしょうか」

リズベットは眉根を寄せ、ヴィルヘルムに射殺《いころ》すような視線を向ける。

その様子は怒っているどころか、憎悪すら感じさせるんだけど。

「どうしたんだリズベット。この数か月、何通もの手紙を送ってもなしのつぶてだし、ようやく返事が来たかと思ったら、『二度と顔を見せないでください』の一文のみ。誰だって心配するに決まっている」

「理解しておられるではないですか。でしたら、即刻ここから立ち去りなさい」

心配そうな表情を見せるヴィルヘルムに対し、リズベットはにべもなく言い放った。

んんん？　この二人、恋仲なんじゃないのか？　これじゃまるで、言い寄るヴィルヘルムをリズベットが敵視しているようにしか見えないんだけど。

「待てって。俺と君は、幼い頃から運命で結ばれた仲じゃないか。それをどうして……」

「あなたと私が運命で結ばれている？　笑わせないでください。私には、嘘《うそ》と捏造《ねつぞう》が得意な詐欺師の知り合いなどおりません」

「っ!?」

あー……少しだけ話が読めてきた。

どうやらこの男、リズベットを騙《だま》していたようだ。

考えられるのは、ヴィルヘルムが浮気をしていたってところかな。

歴史上でも何人も側室を持っていたし、『ヴィルヘルム戦記』でも戦地に赴くたびに他の女性に手を出すエピソードがあったりするもんなあ……。

「とにかく、私の大切な婚約者であらせられますルドルフ殿下もいらっしゃるのです。いい加減、私の視界から消えて……」

「待て。婚約とは何の話だ？」

「ご存じないのですか？　三か月前、私は婚約したのです。あなたのような男とは違い、誠実なルドルフ殿下と」

いや、ここで僕に話を振らないでくれるかな？

そのせいで、ヴィルヘルムが僕をものすごい顔で睨んでくるんですけど。

「何より、私の従者がその手紙を届けた際に、あなたも受けたでしょう？　私の大切な思い出を、穢した報いを」

「…………………」

彼女の言う『大切な思い出』というのは、おそらくは『ヴィルヘルム戦記』にも記されていた、幼い頃のエピソードのことだろう。

皇宮の中庭で、この僕に傷つけられそうになったリズベットをヴィルヘルムが庇《かば》い、いつか再び出逢うための証《あかし》として彼女がブローチを渡したという出来事。

今から考えれば、僕はリズベットに対してそんなことをした記憶がないどころか、彼女と出会ったのはまさに婚約のための面会の場が初めて。

おそらくは、ヴィルヘルムとリズベットの関係を美化させるために、歴史家がわざとそんなエピソードを書いたんだろう。完全に悪役扱いの僕としては、色々と尾ひれをつけられていい迷惑だ。

「ふふ……今思い出しても滑稽だわ。手紙を渡した従者に、あの日に私が渡したものについて尋ねたら、悩んだ挙句に『ブローチ』なんて答えるんですもの」

「…………………」

リズベットはまるで小馬鹿にするようにクスクスと嗤《わら》い、痛いところを突かれたのか、ヴィルヘルムは唇を噛《か》む。

だけど……『ヴィルヘルム戦記』のあのエピソード、リズベットの話だと本当に捏造っぽいな。

とはいえ、冷たくあしらいつつも怒りをにじませているところを見る限り、そのエピソードそのものが嘘……というわけではなさそうだ。

ひょっとしたら、ヴィルヘルムではない別の誰かとの思い出なのかもしれない。

そして、リズベットはその思い出を何よりも大切にしているということだ。

僕にはその気持ち、とてもよく分かる。

だって、僕もあの思い出があるからこそ、まだこうして正気を保てているのだから。

リズベットを見つめ、僕はポケットに忍ばせてある金貨を、ギュ、と握りしめた。

すると。

「手紙ではご理解できなかったようですので、はっきりと申し上げます。もう二度と、私の前に現れないでください」

「っ！　……今日のところは、これで失礼させてもらうよ。それと……これは君への誕生日プレゼントだ」

「いりません」

プレゼントを差し出そうとするヴィルヘルムに対し、リズベットは手で追い払うような仕草を見せる。

それを受け、ヴィルヘルムは僕を忌々しげに睨んだ後、無言で部屋を出ていった。

「……ルドルフ殿下、お騒がせしてしまい、申し訳ありませんでした」

申し訳なさそうな表情で、リズベットは深々と頭を下げる。

「い、いえ……ですが、よろしいのですか……？」

「もちろんです。あのような最低な男、視界に入るだけで、あの声が耳に入るだけで、不快でしかありません」

僕がおずおずと尋ねたら、リズベットはあの男が心底嫌いだということを必死に訴えてきた。

「「あの」」

顔を上げ、話しかけようとしたところでリズベットと被ってしまった。

「あ、リ、リズベット殿からどうぞ」

「いえ、ルドルフ殿下から……」

「い、いえいえ、僕は大した話ではありませんから、リズベット殿から……」

などと譲り合いを繰り返し、結局リズベット殿から先に話をすることになった。

「その……ルドルフ殿下は、先ほどの私とあの男との会話を聞いて、何か思うところはありませんでしたでしょうか……？」

いつも凛としているリズベットが、初めて不安そうな表情を見せ、僕を見つめる。

この瞳の色、表情に、僕は見覚えがある。

これは、相手に嫌われたくない時に見せるものだ。

幼い頃、まだ家族……いや、誰でもいいから、僕を見てほしくて、嫌われたくなくて、一生懸命顔色を窺《うかが》っていた時に鏡に映っていた、あの僕と同じもの。

だから。

「そうですね……正直、僕は彼の名前すら知りませんし、リズベット殿とお知り合いなのかな、と思った程度です。ただ、お二人のやり取りを見た限りでは、君に言い寄っている虫……という印象でしょうか」

僕は精一杯おどけ、そう答えてみせた。

ヴィルヘルムと何があったのかは知らないけど、リズベットがあの男を嫌っているのは事実だし、僕も婚約者となってしまった以上は、今後の関係を円滑にして暗殺を回避しないといけないからね。

……いや、違う。

僕はただ、彼女のこんな顔を見たくなかっただけだ。

はは……リズベットは僕を暗殺する〝氷の令嬢〟のはずなのに、なんでそんなことを考えちゃったんだろうね。自分でも、馬鹿だなって思うよ。

「ルドルフ殿下……あなた様は、ずっと変わらないのですね……っ」

「っ!? ちょ、ちょっと!?」

僕の手を握りしめ、一滴《ひとしずく》の涙を零《こぼ》すリズベット。

その姿に、僕はどうしていいか分からず戸惑ってしまう。

「グス……やはり、あなた様こそが私の運命の御方。あの男などでは、断じてありません」

「リズベット殿……」

リズベットが、涙で濡《ぬ》れたアクアマリンの瞳で見つめてくる。

だけど、僕は不思議でならない。

歴史では……『ヴィルヘルム戦記』では、ヴィルヘルムこそがリズベットの運命の相手だったはず。

僕は、そんな二人を引き裂こうとする、引き立て役のただの暴君でしかないんだ。

なのに彼女は僕こそが『運命の御方』だと言い、ヴィルヘルムに対して辛辣《しんらつ》な態度で接した。

いや、それどころかヴィルヘルムへの憎悪の感情さえ窺える。

「……リズベット殿。あなたとあの男との間に、一体何があったのですか?」

僕は聞こうと思っていたことを、ハンカチで彼女の涙を拭《ぬぐ》いながら尋ねた。

「はい……お聞きくださいますか? ヴィルヘルム＝フォン＝スヴァリエという、口先だけの最低な男に騙され、何よりも大切な思い出を穢された、愚かな女の話を」

そう言うと、リズベットは僕の手を握る力を強め、訥々《とつとつ》と話し始めた。

あれは今から九年前……まだ私が五歳の頃でした。

お父様に連れられて皇宮へとやって来た私は、お父様が他の貴族の方とお話をされている間、退屈になって窓の外を眺めていました。

すると、とても綺麗な庭園に私の大好きなジャスミンの花が咲き誇っていて、目を奪われてしまいました。

お父様を見てみると、まだお話は長引きそうなご様子。

なので私は、こっそりとお父様の傍を離れ、その庭園を目指しました。

ですが、皇宮は幼い私には広すぎて、すぐに迷ってしまったのです。

本当なら、誰かに庭園まで案内をしてもらえばよかったのですが、もし他の大人に知られたら、勝手に皇宮の中を歩いていることを咎《とが》められ、叱《しか》られるのは目に見えています。

不安と寂しさで泣きそうになるのを必死に堪《こら》え、同じような通路をぐるぐると歩き回っていた、その時。

「なんだオマエは！　ここは皇宮なのだぞ！」

「っ!?」

見ると、大人の従者を二人連れた同い歳くらいの金髪の男の子が、私を指差して叫びました。

「あ、あの……」

「オマエ！　勝手に皇宮に侵入した罪で、この俺が直々に斬り刻んでやる！　お前達、あの女を捕らえよ！」

「「は、はあ……」」

男の子の指示に、大人の従者達は困惑します。

恐ろしくなった私は、その隙《すき》に全力でその場から逃げ出しました。

「っ！　待て！　お前達がもたもたしているからだぞ！」

「「は、はっ！」」

男の子と従者達は、逃げる私を追いかけてきます。

このままでは、すぐに追いつかれてしまう。

でも、とにかく逃げるしかない私が、通路の角を曲がったところで。

「こっち」

「キャッ!?」

突然腕を引っ張られ、部屋の中に引き入れられてしまいました。

「しーっ。君、追いかけられてるんだよね？」

人差し指を唇に当て、ニコリ、と微笑む男の子。

輝く白銀の髪と、その対比のような琥珀色の瞳。

私は……その男の子に、ただ目を奪われてしまいました。

だって、あまりにも愛くるしくて、素敵なお姿だったのですから。

「大丈夫。ここなら、誰もやって来ないから」

「う、うん……」

男の子の言葉に違和感を覚えましたが、きっと私のことを励まそうとしているんだと思いました。

それから、二人で部屋の中でしばらく息を潜めていると。

「それで、君はどこへ行こうとしていたの？」

「じ、実は……」

私は窓の外に見えた、ジャスミンの咲き誇る庭園を目指していたけど、いつの間にか迷子になってしまったことを素直に伝えました。

すると。

「じゃあ、僕がその庭園まで案内してあげるね！」

「！　あ、ありがとう！」

私は男の子に連れられ、その庭園へ向かいました。

途中、男の子とたくさんお話をしたのを覚えています。

といっても、私が一方的に話していたのですが。

多分、私は不安な気持ちを紛らわせたかったのでしょうね。男の子の優しさに甘えていたのだと思います。

なのに。

「えへへ……僕、こんなに誰かとお話をしたの、初めてだよ」

男の子は、とても嬉しそうに……蕩《とろ》けるような笑顔を見せてくださいました。

そんな彼の表情が眩《まぶ》しくて、吸い込まれそうで……。

そして。

「わあああ……！」

私は目の前に広がる庭園一面のジャスミンの花を見て、感嘆の声を漏らしました。

「ね、ねえ、このジャスミンのお花、一つもらってもいいかな……？」

「もちろん！　こんなにたくさん咲いているんだもん！」

「わあい！」

男の子に許可をもらい、私は大はしゃぎでジャスミンの花を一つ取りました。

すごくいい香りで、今でも思い出すだけで鼻をくすぐられます。

その時です。

「っ!?　隠れて！」

「ええっ!?」

急に男の子に草むらに押し込まれ、私は思わず目を白黒させてしまいました。

でも、どうして男の子がそんなことをしたのか、理由はすぐに分かりました。

「フン！　オマエのような〝穢れた豚〟が、この庭に入っていいと思っているのか！」

「…………」

現れたのは、金髪の少年と二人の大人の従者。

私を追い回した方々です。

「まあいい、僕は優しいからな。ところで豚、オマエと同じくらいの歳の女を見なかったか」

「……見てないよ」

「なんだ、オマエの母親と一緒で、本当に何の役にも立たないな。やっぱり、オマエみたいな奴は排除だ！　お前達、この豚を痛めつけて鳴かせろ！」

「っ!?　で。ですが殿下……」

「僕の命令が聞けないのか！」

「「…………………」」

あの金髪の男の子……おそらく、この帝国の皇子の一人なのでしょう。その指示に逆らえず、従者達は男の子を無理やり捕まえると。

「あぐっ!?」

あろうことか、殴る蹴るの暴行を加えたのです。

私と同じくらいの、小さな男の子に対して。

許せなかった。見ていられなかった。

今すぐ飛び出して、男の子を助けたかった。

でも……私は怖くて、草むらの中で耳を塞《ふさ》いで震えることしかできなかった。

なのに。

――ニコリ。

男の子は隠れている私のほうを見て、微笑んだのです。

痛いはずなのに、苦しいはずなのに。

私はこの時ほど、自分の弱さを恨んだことはありません。

「……フン、行くぞ」

「「はい……」」

罪悪感からでしょうか。

従者二人は意気消沈し、満足げな表情を浮かべる最低な皇子の後に続いて庭園から去っていきました。

「つ！　だ。大丈夫!?」

私は慌てて男の子に駆け寄り、声をかけました。

「え、えへへ……うん、慣れっこだから大丈夫だよ」

「っ!?」

そう言って苦笑する男の子の言葉に、私の瞳から涙が溢《あふ》れ出しました。

だってそうでしょう？　男の子は、いつもこんな仕打ちを受けているということなのですから。

「……ねえ、君は僕のために泣いてくれているの……？」

「つ！　あ、当たり前じゃない！　誰だって泣くに決まっているわ！」

「そっか……えへへ、嬉しいなあ……こんなこと、初めてだよ……っ」

そう呟き、男の子も同じように涙をぽろぽろと零します。

涙で濡れた琥珀色の瞳が、とても綺麗で、目を奪われて……。

私は、助けてくれたこの男の子にご恩を返したい。そう考えました。

お返しできるものはないか、私は必死に自分のドレスを手探りします。

すると。

「あ……」

出てきたのは、バルディック帝国建国より以前に作られた、一枚の金貨。

初代ファールクランツ侯が武功を上げた時には、必ずこの金貨を持っていたということにあやかり、お守りとして同じ金貨を常に持ち歩く習わしがファールクランツ家には代々伝わっております。

私は……。

「これ、あなたにあげる！」

「え……？」

お父様に叱られるのを覚悟で、男の子にお守りの金貨を差し出しました。

これくらいしか、彼に返せるものがありませんでしたから。

「い、いいの……？」

金貨と私の顔を交互に見て、おずおずと尋ねる男の子。

私は無言で頷《うなず》きます。

「うわあああ……！　僕、誰かにプレゼントをもらったのなんて、初めてだよ！　しかも、こんなに綺麗なものを！」

「わ、私の家では、この金貨を持っていると願いが叶《かな》うって言われているの。だから、もしあなたにお願いがあるなら、それはきっと叶うはずよ」

「本当？　あ、でも……お願いだったら、一つはもう叶っちゃったかな」

「それって、どんなお願い？」

少し恥ずかしそうにして頬を掻《か》く男の子。

その言葉の意味を知りたくて、私は彼に尋ねます。

すると。

「えへへ……だって、君が僕を見てくれたから」

「……その後、お父様の指示で探しに来た皇宮の使用人に見つかり、私は庭園から連れていかれました。その使用人の姿を見て隠れてしまった、男の子を残して」

待て。

待て、待て、待て。

僕はリズベットとヴィルヘルムの関係について尋ねたはずなのに、なんだよそれ。

目の前の彼女は今から十年後、僕を暗殺するはずなんだ。

それは、歴史がちゃんと証明しているんだ。

だから……決して、あの日の女の子がリズベットであるはずがないんだ。

彼女の言葉を否定したくて、僕はポケットの中の金貨を思いきり握りしめ、何度もかぶりを振る。

でも……本当は、その言葉に縋《すが》りたくて。

「あの後、お父様には酷《ひど》く叱られてしまいました。そして、男の子に差し上げた金貨と同じものを、改めてお父様よりいただきました」

リズベットが、握りしめる手をゆっくりと開く。

そこには、あの日、たった一人だけ僕を見てくれた女の子がくれた、この手の中にあるものと同じ意匠の金貨があった。

「あ……ああ……っ」

もう、否定しようがない。

僕と同じ金貨を持っていて、あの日の出来事を知っている女性《ひと》なんて、二人といるはずがないのだから。

「ルドルフ殿下……やっと……お逢い、できました……っ」

「ああ……ああああああああ……っ」

涙を零すリズベットを見つめ、僕の瞳からも涙が溢れ出す。

つらい時、悲しい時、苦しい時、切ない時、壊れそうになった時。

いつだって救ってくれたのは、たった一つの思い出と、この手の中にある金貨だけだった。

だから僕は、ずっと僕でいられたんだ。

「あああああああああああああ……っ！」

僕は泣いた。声にならない声で、思いきり泣いた。

たとえロビンに殴られたり蹴られたりしても、泣いたりしなかったのに。

家族に、使用人達に、全ての人間に無視され、疎まれても、泣いたりしなかったのに。

でも……僕は泣いたんだ。

僕を見てくれた、たった一人の女性《ひと》に、再び出逢えた喜びで。

「殿下……」

思う存分泣いた僕の涙を、リズベットがハンカチで優しく拭ってくれた。

あ、あはは……自分だって、涙で濡れているくせに……。

「んっ……ありがとうございます。もう、大丈夫ですよ……」

「あ……」

僕もお礼を言いつつ、お返しとばかりに彼女の涙を拭う。

「グス……ありがとうございます」

「そ、その、リズベット殿……これ、見てくれますか……」

これまで誰にも見せたことがないたった一つの宝物……彼女がくれた金貨を、僕はポケットから取り出した。

「はい……あの日あなた様にあげた、私の金貨ですね……」

「ええ……この金貨のおかげで……君との思い出のおかげで、僕は僕でいられました。だから」

僕はまた零れそうになる涙をぐっと堪え、すう、と息を吸うと。

「僕を救ってくれて、ありがとう。僕を見てくれて、ありがとう」

あの日に負けないほどの精一杯の笑顔で、僕はリズベットに感謝の言葉を伝えた。

「ルドルフ殿下！　ルドルフ殿下ぁ……っ！　お逢いしたかった……お逢いしたかった……っ！」

「僕だって……僕だって……っ！　ずっと僕は……君に逢いたかったんだから……っ！」

胸に飛び込んできたリズベットを強く抱きしめ、僕達はまた、涙を零した。


「あ、あはは……嬉しくて仕方ないんだけど、気持ちの整理が追いつかないや……」

ようやく落ち着きを取り戻した僕は、急にこの状況が照れくさくなって、思わず苦笑した。

でも……この手を放してしまったら、ようやく巡り合えた奇跡が零れ落ちてしまいそうで、彼女から離れるのを拒んでしまう。

「ふふ……私はこの三か月の間で、心の整理ができましたから……」

「あ……や、やっぱり君は、僕に気づいていたんですね」

「はい。その……怒らないで聞いていただけますか……？」

不安そうな表情を浮かべ、胸の中から僕の顔を覗き込むリズベット。

そんな彼女の透き通るような瞳を見つめ、僕はただ頷いた。

「実は……」

リズベットの話によると、どうやら皇宮に忍び込ませている間者に、あの日の男の子……つまり、僕を探させていたらしい。

僕との唯一の接点である、皇宮に手掛かりを求めて。

もちろん、まだ成人を迎えていないリズベットにはスパイを雇うこともできないので、父親……

ファールクランツ侯爵の部下に、任務のついでとしてお願いするのが精一杯だったそうだ。

だから、まさか僕があの日の男の子だなんて侯爵の部下達は思うはずもなく、手掛かりが一切なかったらしい。

まあ、僕は所詮《しょせん》婚外子の第四皇子だし、部下達からすれば完全にノーマークだよね。

これでは埒が明かないと感じたリズベットは半年前に意を決し、幼い頃から自分に仕えてくれている、信頼のおける侍女兼護衛のマーヤを皇宮に潜入させ……って!?

「マーヤって、リズベット殿の間者だったんですか!?」

「あう……も、申し訳ありません……」

僕は思わず驚きの声を上げ、リズベットが恐縮して身体を小さくした。

い、いや、マーヤが誰かの間者だってことは僕も気づいてはいたけど、まさかリズベットの間者だとは思わなかったよ。

「そ、それで、ルドルフ殿下がお部屋で金貨を見つめておられる姿をマーヤが目撃し、殿下こそがあの時の男の子ではないかと思うようになったのです……」

「そ、そっかあ……」

てっきり僕は、僕を排除しようとしている三人の皇子または皇妃のいずれかの差し金だと思っていたんだけどなあ……。

でも、そう考えると、マーヤの態度が急に変化したことも頷ける。ちょっと馴れ馴れしいくらいだったけど。

「……怒っていらっしゃいます、よね……？」

「あはは……驚きはしましたけど、その……怒るわけないじゃないですか。むしろ、そこまでして僕を探そうとしてくれたからこそ、こうして君に出逢えたんですから、君には感謝しかありません」

「よ、よかったあ……」

リズベットは心底ほっとした表情を浮かべ、胸を撫で下ろした。

「あ……話を戻しますね。ルドルフ殿下があの日の男の子だと確信したのは、婚約のための面会をした時です。偶然にも、その金貨を落とされましたので……」

「そういえば……」

なるほど……咄嗟《とっさ》に隠したつもりだったけど、リズベットにはバッチリ見られていたってことか。

「このことをお話ししたいと思っておりましたが、殿下のことをずっと想い続けていたために、その……緊張してしまって、思うようにお話しすることができなくて……私ったら、愛想が悪かったですよね……？」

「ああー……」

おずおずと告げるリズベットを見て、僕は変な声が出てしまった。

てっきり僕は、ヴィルヘルムという恋仲がいるのに婚約することになってしまい、心底嫌われていたんだと思っていたけど、まさかその逆だったなんて思いもよらなかった。

でも。

「えへへ……嬉しいなあ……」

ずっと僕の心の中で支え続けてくれていた女の子が、九年後の今もこうして僕のことを想ってくれていたなんて。

それだけで、僕の胸がどうしようもなく熱くなっちゃうよ……って。

「ど、どうしましたか？」

「あ……ふふ、すみません。あなた様が、金貨を受け取ったあの時と同じ言葉と表情をなさったものですから……」

リズベットが頬を赤らめ、蕩けるような笑顔を見せてくれた。

あの時と同じように、僕を見つめて。

そんな彼女を見て、僕だってどうしても顔が緩んじゃうんだけど…………………………あれ？

「ちょ、ちょっと待ってください。そうすると、ヴィ……先ほどこの部屋に乱入してきた、あの男とはどのような関係なのですか？」

そうだ。『ヴィルヘルム戦記』では、リズベットとヴィルヘルムは幼い頃の出来事がきっかけで結ばれたことになっている。

でも、リズベットが大切にしていた思い出は、この僕とのものだ。

さすがに事実に基づいている歴史と違う、なんてことは考えられないんだけど……。

「……それこそが、私が愚かだった証拠です」

「リズベット殿……？」

「一年前、私はとあるパーティーの席で、あの男……ヴィルヘルムと出会いました」

リズベットはつらそうな表情で、訥々と話し始める。

その一年前のパーティーで、ヴィルヘルムはリズベットに満面の笑みで告げたそうだ。

『ようやく逢えた。俺の運命の女性《ひと》』と。

もちろんリズベットも、そんな言葉に惑わされず、ただ不審に思ったらしい。

だが、ヴィルヘルムは『あの日、皇宮で出逢ったことを、今も覚えている』と言葉を続けたので、ひょっとして、と考えたそうだ。

何よりヴィルヘルムは、僕と同じ琥珀色の瞳をしていたから。

「……もちろん、あの男はルドルフ殿下のような輝く白銀の髪ではありませんし、すぐには信じませんでした。ですが、どうしてもあなた様に逢いたい想いが強すぎたせいで、私の目を曇らせてしまったのでしょう。その時の私は、あの男がそうなのではないかと信じてしまったのです……」

「…………………」

「その日以降、私はヴィルヘルムと会うようになりました。といっても、一か月に一度、この屋敷でお茶をする程度ですが」

リズベットの話を聞くが、やはり僕は腑に落ちない。

もちろん、彼女の言葉が信じられないのではなく、どうしてヴィルヘルムが、僕とリズベットの幼い頃の出逢いを装ったのかということが、だ。

「でも、何度かあの男と話をするたびに、どうしても違和感が拭えなかったのです。あの金貨の話を持ちかけてもはぐらかされ、まともに答えませんでしたから」

そこも分からないことの一つだ。

思い出を装ったのなら、なぜあの金貨のことについても……って、そ、そういえば！

たしか『ヴィルヘルム戦記』では、リズベットとの運命の出逢いを決定づけるエピソードに、『ブローチ』をもらったというものがあった。

だけど、実際にリズベットが僕にくれたのは、帝国建国以前にあった国の金貨。

つまり……僕とリズベットの、あの日の出来事は知っているけど、受け取ったものが金貨であることを知らなかったということになる。

「リズベット殿……僕との思い出の話を、誰かになさったことはありますか？」

「……話したのは、マーヤだけです」

「では、その話を盗み聞きされた可能性は……」

「それもあり得ません。もしそのような者がいれば、マーヤが気配を察知するはずです」

おおう……思いがけずマーヤの意外と有能な姿を知ったのは置いといて、そうなると、どうしてヴィルヘルムは中途半端に知っていたのかってことだけど……。

うーん……分からないなあ……。

「それで、あの日の男の子がルドルフ殿下であると分かり、マーヤにヴィルヘルムへの絶縁状を届けてもらうのと併せ、もう一度確認したのです。私があの日渡したものが、何だったのかを」

「……………………」

「するとあの男は悩んだ後、『ブローチ』と答えたそうです。これで、あの男が私を騙していたことが確定しました」

リズベットは全てを話し終え、悔しそうに唇を噛んだ。

そうか……ヴィルヘルムは、僕とリズベットの思い出を利用し、彼女に近づいたんだな。

なぜそんなことをしたのかは、考えるまでもない。

あの男は、ファールクランツ侯爵家の軍事力を手に入れたかったんだろう。

実際、『ヴィルヘルム戦記』においても、暴君である僕が暗殺された後、ファールクランツ侯爵家を筆頭とした貴族達の力を借りて、残された指導者不在のバルディック帝国を打ち滅ぼしたのだから。

……いや、ひょっとしたらリズベットが僕を暗殺したのも、全てはヴィルヘルムの策略だった可能性もある。

「ふふ……こんな愚かな女、ルドルフ殿下も呆《あき》れてしまわれましたよね……」

リズベットはそう言って、寂しげに笑った。

僕が考え込んでいたせいで、ひょっとしたら勘違いさせてしまったかもしれない。

とにかく、色々考えるのは後だ。

「そんなことはありません。全ては、君が大切にしてくれた僕との思い出を、あの男が踏みにじったのが悪いんです。リズベット殿は、決して愚かなどではありません」

「あ……」

彼女の細い手を握り、僕はニコリ、と微笑む。

そうだ、悪いのは全てヴィルヘルム。リズベットはただの被害者だ。

それに、あの男の嘘に気づき、こうして僕を見つけてくれた彼女が、愚かであるはずがない。

「ルドルフ殿下……っ」

「さあ、もうあのような男のことなど、忘れてしまいましょう。今日は君の誕生日パーティーなのですから」

「はい！」

落ち込んでいた様子から一変し、リズベットは咲き誇るような笑顔を見せてくれた。

ジャスミンが一面に咲く、あの庭園で見せた笑顔のように。

すると。

——コン、コン。

「リズベット、お客様が全員お越しくださいましたよ……って、あらあら、お邪魔だったかしら」

「っ!?　お母様！」

「あはは！」

手を握る僕とリズベットを交互に見て、彼女の母君が愉快そうに笑う。

照れ隠しで声を上ずらせる彼女が可愛くて、僕も思わず笑ってしまった。

「むう……ルドルフ殿下まで……」

「あはは、すみません。ではまいりましょうか、僕の誰よりも大切な婚約者様」

口を尖らせるリズベットの前に跪き、僕は改めて彼女の手を取った。

「はい……よろしくお願いします。私の誰よりも大切な婚約者様」

◆

「リズベット様、本日はお誕生日おめでとうございます」

「ありがとうございます」

多くの子息令嬢達からの祝辞に、一つ一つ丁寧に返すリズベット。

というか、バルディック帝国の軍部のトップであるファールクランツ侯爵家だけあって、招待客の数もものすごいな。

まあ、そのうちの半分以上は、侯爵に取り入りたい、あるいは取り込みたい貴族達だろうけど。

それに、悲しいかな僕とリズベットが婚約していることは、まだ公表されていない。

あの皇帝にどんな思惑があるのかは分からないけど、僕達のことを伏せなければならない理由があるんだろうね。

最初はリズベットと関わり合いになりたくなかったから、婚約を解消しても面目が立つなんてことを考えていたけど……。

「リズベット嬢……やはり、あなたは誰よりもお美しい……」

「……そうですか」

ああもう……あの子息、少し馴れ馴れしすぎやしないか？

僕との婚約が発表されてさえいれば、あんな悪い虫が彼女の周りに飛び回ることもなかったのに……。

唯一の救いは、そんな男連中に対してリズベットが絶対零度の視線を向けて塩対応してくれていることだ。

ちなみに僕は今、ホールの壁の花になって、ただリズベットを眺めていますが何か？

一応、第四皇子としてリズベットをエスコートすることはできたけど、婚約が公表されていない以上、僕にできるのはここまでだ。

でも。

「……（ニコリ）」

時折、リズベットがこうして僕を見ては、微笑みかけてくれている。

出逢った当初は、いかにしてリズベットとの婚約を解消して逃れられるかについてばかり考えていたのに、全てを知った今では、こんなにも傍にいたいと願ってしまう。

でも、逆にこうも考えてしまう。

本当に、帝国にとって邪魔な存在でしかない僕が、このままリズベットと結ばれていいのか、と。

ここを訪れた時のファールクランツ侯爵の態度だって、明らかに僕を毛嫌いしていた。

彼女の母君も、表向きは僕のことを歓迎してくれたけど、本心ではどう思っているか……。

「僕は、どうすれば……」

もちろん僕だって、彼女から離れたくない。

僕の存在を認めてくれるのは……僕を見てくれるのは、彼女しかいないんだ。

「……いっそ、歴史どおり暴君になってみるか……？」

そんな邪《よこしま》な考えが、脳裏をよぎる……って、それは絶対に駄目だ。

もし暴君なんかになって、リズベットが幻滅して、僕のことを嫌いになってしまったらどうするんだよ……。

僕は愚かな考えを払拭《ふっしょく》しようと、思いきりかぶりを振った。

そうじゃなく、これからもずっとリズベットと一緒にいられる方法を考えないと。

「……大丈夫、僕ならできる」

そうだ。僕はこの世界の……バルディック帝国の歴史を知っている。

だから、それを活かして僕が歴史を書き換えてやる。

——あの日のリズベットとずっと一緒にいるという、ささやかで幸せな歴史に。


「……本当に、面倒でした」

ようやく招待客の応対を終え、リズベットが疲れた顔をして僕のところへやって来た。

「そ、その、僕の傍に来てくださるのは嬉しいんですが……」

ここで僕は、リズベットに対して余計な気遣いを見せる。

一緒にいたいのはやまやまだけど、そうしたら彼女まで嫌な思いをしてしまうかもしれないから。

でも。

「……ルドルフ殿下は、婚約者である私と一緒にいるのは嫌ですか……？」

「っ！　まさか！」

泣きそうな表情で見つめてくるリズベットを見て、慌てて否定した。

彼女に迷惑はかけたくないけど、それ以上に、僕のせいで悲しませたくはない。

「でしたら、どうしてですか……？」

「そ、それは、その……ご存じのとおり、僕はこの国では疎まれておりますから……って!?」

「ルドルフ殿下」

歯に物が挟まったような物言いをして視線を逸《そ》らしたら、リズベットは両手で僕の顔を強引に自分のほうへと向ける。

「殿下の本当のお姿を見ようともせず、ただ皇帝陛下と殿下のお母様との関係だけであなた様を評価するような愚か者のことなど、お気になさる必要はありません。それに」

リズベットが、お互いの鼻先が触れそうになるほど、ずい、と顔を近づけると。

「私のことは、あなた様が見てくださっています。他の有象無象の視線や評価など、この私にとって何の価値がありましょうか」

そう言って、彼女はニコリ、と微笑んだ。

あ、あはは……さすがは『ヴィルヘルム戦記』で暴君だったこの僕を暗殺するだけあって、苛烈《かれつ》というか想いが真っ直ぐというか……。

「その……ありがとうございます」

「はい」

僕はそんな彼女の想いが嬉しくて、素直な感謝の言葉を告げた。

その時。

「あ……演奏が始まりました」

「そう、ですね」

まるでダンスを急《せ》かすように、ホールに曲が響き渡る。

今日はリズベットが主役なんだ。彼女がダンスを踊らない限り、招待客も踊ることができない。

「……ルドルフ殿下、この私をダンスに誘ってはくださらないのですか？」

アクアマリンの瞳を輝かせ、リズベットは僕をジッと見つめる。

「す、すみません……実は僕、ダンスを踊ったことがないんです……」

おかげさまで前世の記憶があるから、一般教養は身につけているものの、皇宮ではずっと捨て置かれてきた僕だから、ダンスに限らず文字すらまともに習ったことがない。

何より、この僕と踊ろうと言ってくれる女性《ひと》なんて、リズベットを除いているわけがない。

……一応、前世の村祭りで、到底ダンスとは呼べない踊りなら踊ったことがあるけど。

「ふふ……でしたら、この私が殿下の初めてのお相手ですね」

「わっ!?」

強引に腕を引っ張られ、ホールの中央に連れていかれてしまった。

「ルドルフ殿下、私がリードいたしますので、ご安心くださいませ」

「あ、あはは……」

こうなってしまっては、さすがにもう逃げられない。そんなことをしたら、せっかく僕を選んでくれた彼女に失礼だ。

それに。

「殿下とダンスなんて夢のようです……」

こんなにも喜んでくれるリズベットと踊れるんだ。僕だって、まるで夢みたいな気分だよ。

「さあ、私に合わせてくださいませ。一、二、三。一、二、三」

「一、二、三。一、二、三……」

足元に集中して、彼女の口ずさむリズムに合わせる。

さすがに彼女の綺麗な足を踏んでしまうわけにはいかないからね。

「殿下、ダンスの時は相手の顔を見るのがマナーですよ？」

「そ、そんなあ……」

リズベットにたしなめられ、僕は思わず情けない声を漏らす。

顔を上げると、少し悪戯《いたずら》っぽい微笑みを浮かべるリズベットの顔があった。

僕は必死になって足を踏まないように、リズベットの綺麗な顔を見つめて踊る。

そして。

「な、なんとか足を踏まずに踊りきったぞ……！」

彼女と手を繋ぎ、僕は深々とお辞儀をした。

僕に向けられる周囲の視線は、皇宮でいつも感じているような蔑《さげす》んだものだったけど、それでも。

「ふふ！　ルドルフ殿下、とても素敵でした！」

こんなに喜んでくれるリズベットが見つめてくれるなら、また踊るのもいいかな。

それまでに、ダンスの練習をしておかないと……だけどね。

ホールの中央から離れる僕達と入れ替わるように、招待客が次々とダンスに興じる。

やっぱり普段から踊り慣れているだけあって、みんな上手だなあ……。

などと呑気《のんき》なことを考えていると。

「んぐ!?」

「ルドルフ殿下、しっかりと食べないといけませんよ？」

突然、フォークに刺した料理を口の中に入れられ、僕は思わず驚いてしまう。

な、なんというか、リズベットってこんなに甲斐甲斐《かいがい》しく世話を焼く女性《ひと》なんだっけ……？

まあ、でも。

「もぐ……うん、美味しい！」

「それはよかったです！」

美味しそうに食べる僕を見て、リズベットが顔を綻《ほころ》ばせた。

こうやって誰かと一緒に食事することだって、僕には初めての経験だからね。楽しくて仕方ない。

あの日の女の子が……リズベットが傍にいてくれるだけで、こんなにも幸せなんだ……。

「ふふ。殿下、次は野菜です」

「ええー……できればお肉のほうがいいんですが……」

「駄目です。ちゃんとバランスよく食べませんと」

こんなやり取りだって、これまでの僕からすれば夢のようだ。

しかも、全部僕のためを思ってのことなんだから、嬉しいに決まっている。

すると。

「……ルドルフ殿下、少々よろしいですかな？」

……ファールクランツ侯爵が、険しい表情で声をかけてきたんだけど。というか、嫌な予感しかしない。

「お父様、ルドルフ殿下は一緒に私をお祝いしてくださっているのです。ご用件があるのでしたら、別の日にしてくださいませ」

「む……」

リズベットに凍えそうなほど冷たい視線を向けられ、侯爵が声を詰まらせる。

多分、彼女も侯爵の用件があまりよろしくないことを察したんだろう。

だけど。

「分かりました」

「っ⁉　ルドルフ殿下⁉」

せっかくリズベットが僕のためを思って断ってくれたけど、先延ばしにしたところで結局は日を改めて侯爵と話をしなければならないだろうし、それに……彼は、リズベットの父親なんだ。

それなら僕は、ちゃんと向き合わないといけない。

他でもない、リズベットの婚約者であるために。

「では、こちらへ」

「はい」

「っ！　私ももちろんご一緒しますから！」

ファールクランツ侯爵の後に続く僕の手を、リズベットは絶対に離さないとばかりに握りしめる。

そんな彼女の気持ちが、僕は何よりも嬉しかった。

そして。

「……ルドルフ殿下、一手お手合わせ願えますでしょうか」

誰もいない殺風景な訓練場に来るなり、ファールクランツ侯爵がそんなことを言ってきた。

ええー……これ、受けないと駄目かな？

大体、ファールクランツ侯爵はバルディック帝国の武の象徴だけあって筋骨隆々だし、木剣で軽く撫でられただけで僕は大怪我してしまいそうなんだけど。

「っ！　お父様！」

「リズベット、お前は黙っていなさい」

「っ!?　で、ですが……」

ファールクランツ侯爵の有無を言わせない言葉に、さすがのリズベットも何も言えなくなってしまった。

そうか……やっぱり侯爵は、僕が婚約者であることを認めていないんだ。

おそらく、皇帝が無理やりにリズベットを婚約者にしたんだろう。

いくら帝国軍を司《つかさど》る侯爵でも、それを拒否することはできないから。

それなら。

「はい。どうぞ、よろしくお願いします」

「ルドルフ殿下！　いけません！　お父様は、帝国最強と謳《うた》われるほどの武人なのですよ!?　それにお父様の性格上、絶対に手加減などいたしません！　ですから！」

僕の腕をつかみ、必死に訴えるリズベット。

君の言うことは間違っていないし、僕を心配してくれていることはすごくよく分かっているよ。

でも……それでも僕は、手合わせするしかないんだ。

侯爵に、僕が君の婚約者であることを認めてもらうために。

「さあ、どうぞ」

「ありがとうございます」

木剣を受け取り、僕は切っ先を侯爵に向けて構えるけど……いやあ、どうあがいても勝てる気がしない。

というか、威圧感が半端ないんだけど。

なお、リズベットは少し離れた場所で、僕達の様子を固唾《かたず》を呑んで見守っている。

こうなったら止めることはできないと、理解したみたいだ。

「殿下、好きなように打ち込んでいただいて構いませんぞ。そうですな……剣先が僅かでも私の身体に触れれば、殿下の勝ちといたしましょう」

「あ、あはは……」

なるほど、つまり僕程度がどう攻撃を仕掛けてこようが、かすらせない自信がある、と。そのとおりすぎて、苦笑いが零れる。

こうなったら、覚悟を決めて突貫するしかない。

それに、触る程度であれば、この僕だってどうにかなるかもしれないからね。

僕は腰を低く構え、後ろ足に体重を乗せると。

「いきます！」

思いきり地面を蹴り、ファールクランツ侯爵目がけて突撃した。

一応、僕だって剣の訓練をしてこなかったわけじゃない。

ただ、誰も教えてはくれなかったので、騎士達の訓練風景を盗み見て素振りの真似をしただけの、素人の独学でしかないけど。

それに、前世はただの村人だったから、荒事なんて無理に決まっているんだ。

だから。

「くうっ!?」

腕を思いきり叩《たた》かれ、僕は握りしめていた木剣を地面に落とした。

いてて……やっぱり侯爵は、手加減する気は一切ないみたいだ。

「次です」

「……っ!」

表情も変えず、冷たく言い放つファールクランツ侯爵。

僕は急いで木剣を拾うと。

「やあああああああああああああッッッ!」

掛け声とともに、木剣を侯爵に打ちつける。

でも、全て侯爵に弾《はじ》かれ、躱《かわ》され、いなされ、切っ先をかすらせることすらできない。

「あうっ!?」

「次」

「ぐふっ!?」

「次です」

もう何度、これを繰り返しただろう。

気づけば僕の身体はぼろぼろで、木剣で支えて立っているのがやっとの状態だ。

一方のファールクランツ侯爵は、切っ先を僕の眉間に合わせ、冷たく睨んでいる。

もちろん、汗一つかかず、息も一切乱れずに。

「……こんなものですか」

「っ！」

侯爵の口からふいに放たれた一言に、僕は思わず睨み返した。

今のような言葉を、生まれてからこれまで、何度も浴びせられてきた。

僕に何一つ期待していない、突き放すだけの言葉を。

「あああああああああああああああッッッ！」

ファールクランツ侯爵の耳障りな口を塞ごうと、僕は怒りに任せて突っ込む。

剣術の型だの、姿勢だの、そんなことはお構いなしに。ただ、闇雲《やみくも》に。

僕は……僕は……っ！

今まで味わってきた悔しさも、苦しみも、悲しみも、全部ひっくるめ、鬱屈《うっくつ》したどす黒い感情を
侯爵に叩きつけた……はずなのに。

——バキッッッ！

「が……は……っ」

僕のほうが叩きつけられ、地面で馬車に踏まれた蛙《かえる》のようになっている。

苦しさでまともに呼吸もできず、口から涎《よだれ》を垂れ流して。

「……その程度で、私の愛娘《まなむすめ》を守れると思っておられるのですか」

は、はは……誰が、誰を守る……だって……？

ああ……そういえば、僕が侯爵と戦っているのは、リズベットの婚約者として認めてもらうため……だったな……。

そんな大切なことを忘れているなんて……僕も、どうかしているよ。

「ルドルフ殿下！」

見かねたリズベットが、僕の元に駆け寄ってきた。

だけど。

「来るな！」

「っ!?　ですが……ですが、このままでは！」

それを止める僕に、彼女はなおも訴えようとする。

駄目なんだ、リズベット……それじゃ、駄目なんだよ。

僕はこれから先の、暴君になってしまう未来に抗《あらが》わないといけないんだ。

それだけじゃない。先日の毒殺未遂事件もあり、いつ命を狙われてもおかしくはない。

これまでは、史実どおりなら今は死なないと分かっていたから安心していたところもあったけど、こうしてリズベットと結ばれて、歴史が変わった以上、死んでしまう未来も想定しないといけない。

もしそんなことになったら、傍にいるリズベットまで危険な目に遭うかもしれないんだ。

その時、誰が彼女を守るんだよ。僕しかいないだろ。

だから……だから僕は、侯爵に勝たないといけないんだ……っ！

「あああああああああああッッッ！」

痛みで悲鳴を上げる身体を無理やり奮い立たせ、再び吠《ほ》える。

侯爵に、一矢報いるために。

ただし、さっきまでの感情に任せてのものじゃない。

これは……リズベットを絶対に守ると決めた、僕の決意だ！

立ち合いを開始した直後の、ほんの数分前と比べ、僕の動きは酷い有様《ありさま》だ。

だけど、今の僕は覚悟が違う。想いが違う。

さあ……躱せるものなら躱してみろ。

その時は、刺し違えてでもオマエの身体に食らいついてやるッッッ！

僕は渾身《こんしん》の力を込め、突きを放った。

でも、それはあまりにも遅すぎて、小さな子供でも簡単に躱せてしまう、情けない突き。

なのに。

「……私の負け、ですな」

「あは……は……やっ、た……」

木剣の切っ先が侯爵の身体に触れ、微笑む彼の敗北宣言を聞いて、僕は……そのまま意識を失った。

■リズベット＝ファールクランツ視点

「っ!?　ルドルフ殿下！」

お父様が負けを宣言すると同時に、その場で倒れ込んでしまったルドルフ殿下の元へ、私は必死に駆け寄りました。

もう……もう……こんな無茶ばかりして……っ。

あの日もそうでした。あなた様は、最低の皇子であるロビン皇子の指示で従者達に暴行を加えられても、私を守ろうとして、決して折れなくて……。

「本当に……あなた様は、どうしようもない御方です……っ」

どうしようもなく、この私のためにその身を犠牲にしようとする御方。

微笑みさえ浮かべるルドルフ殿下を抱きしめ、私はそんなことを呟きます。

「……それでお父様、果たしてここまでする必要があったのでしょうか？」

私は自分でも驚くほど低い声で、お父様に詰問しました。

たとえお父様であっても、私のルドルフ殿下にこのように傷を負わせたのです。絶対に許しません。

「む……やりすぎてしまったことは認めよう。だがな、ルドルフ殿下の置かれている立場を考えれば、愛娘を預けるに値する御方なのか、父として試さぬわけにはいかない」

「ですがっ！」

もっともらしいことを告げるお父様を、私は睨みつけます。

何より、ルドルフ殿下を傷つける理由を私に求めるなんて、絶対に認められません。

あの日の男の子を……ルドルフ殿下をお守りすると決めたあの時から、既に私の覚悟は決まっているのですから。

「……いや、違……わないか。最初はそのような思いもあり、試そうとした。だがそれ以上に、私の武人としての血が騒いでしまったのだ」

「それは、どういう意味でしょうか……？」

「手合わせをして分かったが、ルドルフ殿下は磨けば光る原石なのだ。確かに剣捌《けんさば》きや身体の使い方など、およそ素人のものであった。それでも、私は殿下の可能性を感じずにはいられなかった」

そう言って、お父様は頬を緩めます。

お父様はお世辞を言えるような性格ではありませんので、その言葉は本当なのでしょう。

何より、武に対して常に真摯《しんし》であるお父様が、嘘を言うはずがありませんし、才ある者を見出《みいだ》した時に過剰なまでの指導を行ってしまうことも承知しています。

そのせいで、私も苦労しましたから。

「だが……だからこそ、ルドルフ殿下が不憫《ふびん》でならない。私に打ち込んできた気迫といい、王になるに相応《ふさわ》しい優れた才能を持ち合わせているがゆえに」

「………………」

お父様は、このバルディック帝国で最も力のある貴族の一人。

当たり前ですが、ルドルフ殿下の背景も、これまでの皇宮での振る舞いも、そして、周囲からどのように扱われているかも、全てご存じなのでしょう。

「クク……これはいよいよ、私も日和見をしているわけにはいかぬか。何せ、大事な娘と息子のことだからな」

「あ……お、お父様……」

「ルドルフ殿下の手当てをして差し上げるのだぞ」

そう言うと、お父様は訓練場を後にしました。

でも……お父様が、殿下のことをお認めくださった。しかも、『息子』とまでおっしゃられたのです。

私は、それが心から嬉しかったのです。

とはいえ。

「……このような目に遭わせたことは、絶対に許しませんが」

お父様が出ていった先を見つめ、私は怨嗟《えんさ》を込めて呟いたのでした。


「これでよし、と」

私は自分の部屋にルドルフ殿下をお連れした後、怪我の手当てをいたしました。

顔や身体にはたくさんの痣《あざ》ができ、腫れてはおりますが、幸いにも骨に異常はなさそうです。

「すう……すう……」

「ルドルフ殿下……」

痛くてつらいはずですのに、ルドルフ殿下は安らかな寝息を立てておられます。

本当に、愛《いと》しい御方……。

ルドルフ殿下のお顔を可愛らしく思うあまり、思わず手を伸ばしてその頬に触れてしまいます。

ふふ、柔らかくてすべすべしていて、いつまでも触っていたくなりますね。

すると。

「んう……」

「っ!?」

い、いけません、危うく起こしてしまうところでした。

もちろん、起きてその琥珀色の瞳で見つめてほしいという思いもありますが、殿下のお休みになられる姿など、滅多に見られる機会はないのです。

今のうちに、思う存分堪能しておきませんと。

ということで、私はルドルフ殿下としたかったことを、一つ一つ叶えることにいたしましょう。

ええ、そうしましょう。

「まずは、膝枕を……」

ルドルフ殿下を起こさないように、そっと頭を私の太ももにのせますと……あ、殿下が少し口元を緩めました。

ひょっとして、私の太ももを心地よいと感じてくださったのでしょうか。だったら嬉しいですね。

ひとしきりルドルフ殿下の白銀の髪を撫でた後、いよいよ次の段階へ進もうと思います。

そう……殿下との添い寝です。

口づけまでとなると、さすがにやりすぎだと思いますし、その……できれば、口づけは殿下からしていただけると……って、そうではありません。

とにかく、目を覚ましてしまわれる前に、早く済ませてしまいましょう。

私はゆっくりとルドルフ殿下の頭を下ろし、隣に寝そべります。

も、もう少し近くまで……。

少しずつにじり寄り、とうとう私はルドルフ殿下の寝息がかかる距離まで顔を近づけました。

こ、これは、たまりませんね……って!?

「お母様!?」

「あらあら、見つかってしまったわね」

あろうことか、お母様がこの部屋を覗き見していたではありませんか。

「もう! もう! どこかへ行ってくださいませ!」

「うふふ、そうするわね」

にやにやと含み笑いをして、お母様は部屋の扉を閉めました。

見られてしまったことも致命的ですが、お母様のことです。絶対にまだ部屋の前にいるはず。

ハア……これでは、せっかくの殿下との添い寝の続きができませんね……。

そのことに肩を落とし、私は恨めしそうに部屋の扉を見つめました。


「あ……う……」

「っ! ルドルフ殿下!」

僕が意識を取り戻して目を開けると、心配そうに覗き込む、リズベットの美しい顔が視界に入ってきた。

それに、やけに後頭部が柔らかくてふわふわした感触があるんだけど。

「リ、リズベット殿……僕は一体……」

「まだ動かれてはなりません。あなた様はお父様との立ち合いの末、意識を失われたのです」

「あ……」

そうだった。

僕はリズベットとのことを認めてもらうため、ファールクランツ侯爵と立ち合いをして、そして……勝利したんだ。

ま、まあ、侯爵のお情けなのは間違いないんだけど、勝ったものは勝ったんだし、あの最後の表情だって、僕のことを認めてくれたと受け取って間違いないはず。

だから、これからは気兼ねなくリズベットと逢えるんだ。

……今までも、リズベットと皇宮で毎日逢っていたんだけどね。この際、それは置いておく。

「そ、それで、ファールクランツ閣下はどうされたのですか？」

「あのような方のことなど、どうでもよろしいではないですか」

侯爵のことを尋ねた途端、リズベットは口を尖らせてプイ、と顔を背けてしまった。

どうやら、まだ怒っているらしい。

でも、怒る理由が僕のことを思ってなんだから、嬉しいに決まっている。

だから。

「リズベット殿、ありがとう……」

「あ……はい……」

リズベットの細い手を握って感謝の言葉を告げると、彼女は赤くなった頬を緩めた。

「さあて……それじゃ、そろそろ僕も起きるよ……っ!?」

「あっ！」

痛む身体を起こし、ようやく僕は理解する。

ひょ、ひょっとして、リズベットは膝枕をしてくれていたのか……!?

「あ、あわあわあわ!?　も、申し訳ありません！」

その事実を知り、僕は慌てて土下座をした。

いくら婚約者であの日の女の子だと分かったとはいえ、こんな関係になったのはほんの数時間前の話なんだ。

たとえリズベットがしてくれたこととはいえ、いくらなんでも調子に乗りすぎだ。

でも。

「………………」

リズベットが、あからさまにムッとしている。

これは、僕が膝枕をしてもらっていたから……ではなく、慌てて飛び退《の》いて土下座したから、ってことでいいのかな？　いいんだろうな。

「……どうやら、まだ動くのは無理みたいです。申し訳ありませんが、リズベット殿の膝を、その……お借りしてもよろしいですか？」

「！　は、はい！」

リズベットの表情は一変し、パアア、と最高の笑顔を見せてくれた。

やっぱりこれが正解だったみたいだ。

「あはは――……い、いいのかな……」

「ふふ、もちろんです」

僕は再び膝枕をしてもらい、ご機嫌な様子のリズベットを見て苦笑した。

本当に、リズベットを知っていくたびに、あの〝氷の令嬢〟の印象からかけ離れていくんだけど。

◆

「さ、さすがにもう大丈夫です」

「そうですか……」

膝枕をして十五分ほど経過し、僕がいい加減身体を起こすと、リズベットは肩を落とす。

もちろん僕だってずっと膝枕をしてほしい気持ちはあるけど、今日は彼女の誕生日パーティー。

いつまでも主賓がいないままというわけにはいかない。

なので。

「さあ、リズベット殿はホールにお戻りください。僕はパーティーが終わるまで、外で待機しておりますので」

「っ!?　い、一緒にはいてくださらないのですか!?」

僕の言葉に、リズベットが困惑の表情を浮かべた。

「さすがにこの顔では、君にも、ファールクランツ閣下にもご迷惑をかけてしまいます」

そう言って、僕は苦笑する。

招待客は僕の顔を見て何事かと思うだろうし、傍にいるリズベットも変な目で見られてしまうからね。

「そ、そんなことを言うような方々こそ、退場なさればいいのです！　殿下がお気を病む必要はございません！」

「それでも僕は、君にこの誕生日パーティーでみんなの祝福を受けてほしいんです。それが、僕は何よりも嬉しいですから」

そう……僕がそんな祝福を受けることは、永遠に望めない。

であれば、婚約者の……いや、未来の妻となるリズベットも、同じ思いをすることになってしまうだろう。

だから、せめて婚約したことを公表していない今だけは、受けるべき祝福を受けてほしいんだ。

僕のようなつらい思いを、できる限りしてほしくないから。

「……このパーティーはすぐお開きにします。ですから、ほんの少しだけお待ちくださいませ」

僕が折れないことを悟ったリズベットは真剣な表情でそう告げた後、ホールへと向かっていった。

本当は僕のことなんて気にせずに楽しんでほしいけど、彼女もまた折れないことを理解している。

僕達って、案外似た者同士かも。

史実では『ヴィルヘルム戦記』においてヴィルヘルムとの仲を引き裂く暴君と、その暴君を暗殺する令嬢だったんだから、本当に面白いなぁ。

だけど……うん。前世の記憶を取り戻し、歴史を変えようと決意して本当によかった。

そのおかげで、僕は大切なあの日を守ることができ、リズベットと再び出逢うことができたのだから。

なので。

「……リズベット殿に二度と姿を見せるなと言われたのに、まだいるなんて随分と厚顔無恥なんだね」

「…………………」

そんなに睨んでも無駄だよ……ヴィルヘルム＝フォン＝スヴァリエ。

あの日の女の子がリズベットだと知った以上、僕は絶対に、彼女を手放したりはしない。

「ねえ、聞こえなかった？　せっかく楽しんでおられるリズベット殿の邪魔にしかならないから、早く消えたらどうなんだ」

相変わらず無言で睨むヴィルヘルムに、僕はもう一度煽《あお》ってみせた。

だけど……この男、今後も絶対に僕達に絡んでくるんだろうな。

アイツの琥珀色の瞳が、『このままでは済まさない』と言外に告げているからね。

「あー……ところで、僕はリズベット殿から貴様のことを詳しく聞かされていないんだけど、どこの誰なのかな？」

僕は『貴様なんて眼中にない』のだと、殊更《ことさら》にアピールしてみせる。

不用意に敵愾心《てきがいしん》を煽る必要はないのかもしれないけど、それこそ今さらだ。

もう僕は、ヴィルヘルムの前に立ちはだかって邪魔をする、敵でしかないのだから。

「……一応、俺は殿下の親族に当たるのですが」

「親族？　ということは貴様、皇族を名乗っていることになるよ？　もし嘘だったら、それこそ不敬罪になるけど」

「嘘ではありません。俺はスヴァリエ公爵家の次男、ヴィルヘルム＝フォン＝スヴァリエです」

んん？　次男？

史実ではヴィルヘルムは長男で、十八歳という若さで家督を継いで覇道を歩むことになるはず。

この男に兄がいるなんて、初耳なんだけど。

まあいいや。

今はそのことを尋ねるような時じゃない。

「いずれにせよ、僕は貴様なんて知らないし、用もない。早く消えろよ」

知らないどころか、本当はヴィルヘルムが何歳で死ぬのかまで知っているけどね。

女性に節操がない、だらしない男であることも。それを考えたら、余計に腹が立ってきた。

「ファールクランツ閣下に手も足も出なかったからといって、そんなに邪険にすることもないでしょう」

……へえ。侯爵との立ち合いを、どこかで見ていたのか。

そんなにこそこそしているところを見ると、ひょっとしたらあの日のこともどこかで見ていたのかもしれないな。

リズベットがマーヤを除いて誰にも話していない以上、この男がマーヤから教えてもらわない限りは知る方法がない。

つまりコイツは、九年前のあの現場にいたということだ。

「実は俺、ルドルフ殿下に耳寄りな話があるんですよ。あなたは先日、毒殺されかけた。そうですよね？」

「貴様には関係ない」

「まあ、聞いてください。あなたは皇宮内ですら命を狙われるほど、立場がなく味方もいない状況です。何せ、〝穢れた豚〟と呼ばれているほどですから」

どうやらヴィルヘルムは、僕を煽って怒らせたいみたいだ。

だけど残念。それくらいで怒ったりするわけないじゃないか。もうそんな感情を抱く時期は、数年前に過ぎ去っているよ。

「そこで、もし俺にリズベットを譲ってくれるのでしたら、スヴァリエ公爵家がルドルフ殿下を全面的に支援します。もちろん、魑魅魍魎《ちみもうりょう》が跋扈《ばっこ》するあの皇宮から抜け出し、平穏な生活もお約束しますよ」

「…………………………」

「どうです？　悪い話ではないと思いますが」

「僕とリズベットの婚約は、皇帝陛下自らお決めになられたこと。そんなこと、無理に決まっていることぐらい分かるだろう」

「ご心配なく。この俺が……いや、スヴァリエ公爵家が、上手《うま》く執り成しますので」

……コイツの自信は、一体どこからくるんだ？

ひょっとしたら、僕やリズベットの動きを監視しているのと同じように、皇帝も監視していて、何か弱みでも握っていたりするのだろか。

いずれにせよ、コイツが何を言ったところで答えなんて決まっているけどね。

「断る。僕は絶対に、リズベット殿を手放したりはしない」

「……後悔しますよ？」

「後悔？　そんなことはあり得ない。むしろ、リズベット殿を貴様に譲ってしまうことこそが、この身を引き裂かれるよりも苦しいよ」

思いどおりにいかず苛立《いらだ》ちを見せるヴィルヘルムに対し、僕は鼻で笑ってやった。

「それよりも、よくもまあそんな提案をできるものだね。リズベット殿を騙したばかりか、彼女をまるで物として扱うかのようじゃないか。呆れて物も言えないよ」

ファールクランツ侯爵家の軍事力を手に入れたいというコイツの思惑は分かるが、どうしてここまでリズベットに執着しているのか。

見る限り、彼女のことが好きだから、というだけではないような気がするが……。

「さあ、話は終わっただろう。玄関はあちらだ」

「次に会う時が楽しみですよ。この〝穢れた豚〟が」

「おいおい、本音が漏れているぞ。大丈夫か？」

「チッ！」

ヴィルヘルムは盛大に舌打ちし、ようやく僕の前から消えてくれた。

「それにしても……」

やっぱり歴史書なんて、当てにならないものだなあ。

あの『ヴィルヘルム戦記』の中に登場するヴィルヘルムは、女にはだらしないが、もっと英雄然とした振る舞いで描かれているのに。実物はあれなんだから、どうしようもないね……って。

「リズベット殿……？」

「ふふ、見つかってしまいました」

ホールの扉の隙間からこちらを覗いている彼女に気づいて声をかけると、リズベットはちろ、と舌を出して傍に来る。

「ひょっとして今の……見ておられました？」

「はい。『せっかく楽しんでおられるリズベット殿の邪魔にしかならないから、早く消えたらどうなんだ』と、あの男に言い放った時から」

それ、ほぼ最初からですよね？

「ですが……私は、あなた様がおっしゃってくださった言葉の全てが嬉しくてたまりません。そういう意味では、あの男も役に立ったと言えるかもしれませんね」

「あ、あはは……」

満足そうに笑顔を見せるリズベットを見て、僕は思わず苦笑した。

* * *

「ルドルフ殿下……もう、お帰りになられるのですね……」

僕の手を取り、リズベットが寂しそうな表情を浮かべる。

リズベットの誕生日パーティーは無事お開きとなり、既に招待客は帰っている。

ファールクランツ家の人達を除き、残るはこの僕だけだ。

もっと早く帰るつもりだったんだけど、リズベットや彼女の母君であるファールクランツ夫人に引き留められたのだ。

何より、僕がもっとリズベットの傍にいたかったから。

だけど、それは仕方ないというものだ。

僕は九年ぶりにあの日の女の子と再会でき、積もる話だってたくさんあったんだから。

本当は、もっともっと話したかったんだけどね。

「リズベット殿、ありがとうございました。僕は今日という日を、一生忘れません」

「私もです。あの日の男の子であるあなた様が、私に気づいてくださったのですから」

「あ、あはは……君に教えていただいて、ようやく気づけたんですけどね……」

「ふふ、そうでした」

僕とリズベットは顔を見合わせ、クスリ、と微笑み合う。

こんな時間が、永遠に続けばいいのに……。

「さあ……名残惜しいですが、そろそろ帰ります」

「ルドルフ殿下、お気をつけて……」

馬車に乗り込み、窓から見つめる僕に、リズベットが手を振る。

僕も窓から顔を出してお返しに手を振ると。

「リズベット殿！　明日も天蝎宮で、お待ちしています！」

「！　は、はい！」

馬車はゆっくりと動き出し、ファールクランツ邸の玄関から遠ざかる。

僕は、いつまでも手を振るリズベットの姿が見えなくなるまで、ずっと見つめ続けていた。

◆

「ふう……ところで、いつまでそうしているつもりかなあ」

帰宅するなり、目の前で平伏《ひれふ》すマーヤ。

僕はどうしたものかと、先ほどから困り果てていた。

「私はリズベット様の命《めい》により、ルドルフ殿下を監視しておりました。いくら謝罪しても、許されることではありません」

マーヤは普段とは違う、抑揚のない声で淡々と告げる。

おそらくは、これがリズベットの侍女兼護衛としての、本来の姿なのだろう。

ハア……本当に、しょうがないなあ……。

「マーヤ」

「っ!?　で、殿下!?」

平伏したままのマーヤの前で膝をつき、同じように平伏した。

「君が僕のことを監視してくれたおかげで……僕のたった一つの宝物に気づいてくれたおかげで、

世界で一番大切な女性《ひと》に再び巡り合うことができました。本当に、ありがとうございます」

「そ、そんな……殿下、どうかおやめください！」

「ううん、僕は君にどれだけ感謝しても足りないんだ。僕がリズベットと出逢えたことで……あの日の女の子だと気づけたことで、どれだけ救われたか。どれだけ幸せだったか」

僕は素直な気持ちを、マーヤに告げる。

マーヤがいなかったら、僕は『ヴィルヘルム戦記』のとおりの暴君になって、ヴィルヘルムの嘘によってリズベットとすれ違ったまま、彼女に殺される運命だったかもしれないのだから。

そんな悲しい結末を、迎えてしまったかもしれないのだから。

「だからマーヤ……君さえよければ、これからも僕の専属侍女として、傍にいてくれないかな。僕とリズベットを繋げてくれた、君にいてほしいんだ」

「あ……本当に、よろしいのでしょうか……？」

「もちろん。これは、リズベット殿も了承してくれているよ」

そう言って、僕はマーヤの手を取り、ニコリ、と微笑みかけた。

「かしこまりました。このマーヤ＝ブラント、全身全霊をもって、ルドルフ殿下とリズベット様にお仕えいたします」

「うん。でも、できれば今までどおりに接してくれると嬉しいかな」

昨日までの気安いマーヤのほうが、僕も落ち着くしね。

今のマーヤ、どちらかというと殺伐とした雰囲気だし。

「分かりました。では、そのようにしますね。ということで……」

「うわわわわ!?」

「早く服をお脱ぎになって、お風呂に入ってください！」

いつものように笑顔を見せるマーヤが、強引に僕の服をはぎ取る。

い、いや、いつもどおりってお願いしたのは僕だけど、もう少し気遣いというか、遠慮というものを考えてほしいなあ……。

マーヤにされるがままになり、僕は苦笑いを浮かべた。

⚜偽書・ヴィルヘルム戦記 ―飛躍の章― 出逢い

■リズベット＝ファールクランツ視点

「ようやく逢《あ》えた。俺の運命の女性《ひと》」

皇室主催のパーティーの席で、私は突然、精悍《せいかん》な顔つきをした一人の少年……いえ、青年と言ったほうが正しいでしょうか。そんな殿方に声をかけられました。

琥珀《こはく》色の瞳をしていることから、おそらくは皇族の血を引いているのでしょう。

バルディック帝国の皇族は、共通して琥珀色の瞳をしており、それ以外の者は、決してその瞳を持つことはあり得ませんから。

「……失礼ですが、どなたかと勘違いなさっているのでは？」

私は殿方を見つめ、冷たく言い放ちます。

このようなパーティーに出席すると、有象無象の殿方が、まだ成人を迎えていない私にさえ言い寄ってきます。

世間では私のことを〝氷の令嬢〟などと呼んでいるそうですが、いい迷惑……とは言い切れませんね。

だって、ひょっとしたらあの日の男の子が、私に気づいてくれるかもしれないのですから。

こうやって面倒なパーティーに顔を出すのも、全てはあの男の子に再び逢えるのではと、そんな淡い期待を込めてなのですから……って。

「まだいらしたのですか？」

「冷たいな……俺は、君とあの日のことを語り合いたいと思ったのに……」

「っ!?」

あの日……この殿方は、そう言ったのですか……？

「失礼ですが、あなた様のおっしゃる『あの日』というのは……」

「もちろん、君と皇宮で初めて出逢った、八年前のあの日のことだ。俺は、今も鮮明に覚えている」

この殿方は……いえ、この御方は、確かにあの日のことを知っている様子。

ですが、髪の色が違うのはどうしてでしょうか……？

あの男の子の髪は、輝くような白銀の髪。なのに、目の前の御方は燃えるような赤い髪をしています。

そう……まるで、全てを焼き尽くしてしまうかのような、そんな髪を。

「？　……ああ、これか。俺は一人だけ、家族と違う髪の色をしていてね……それで、変に勘繰られないように、赤く染めているんだ」

「あ……で、では、元の髪の色は……」

「白銀なんだ。俺には、似合わないだろう？」

そう言って、この御方は肩を竦《すく》め、自虐的に微笑《ほほえ》みました。

だけど……だけど、私はこの時ほど驚いたことはありません。

心臓が止まりそうで、胸が張り裂けそうで、騒がしいホールの喧騒《けんそう》も、一切耳に入ってこなくて。

「あ……ああ……っ」

「もう一度言おう。ようやく逢えた、俺の運命の女性《ひと》」

「あああああ……っ！」

私の視界が、涙で歪《ゆが》む。

だって……だって、あれほど焦がれていたあの日の男の子が、こうして目の前にいるのですから
……！

「ハハ……君に涙は似合わない。それより、自己紹介がまだだったな。俺の名前は、ヴィルヘルム＝フォン＝スヴァリエだ」

「グス……リズベット＝ファールクランツと申します」

私はくしゃくしゃになってしまった顔を見られたくなくて、隠すように深々とお辞儀をしました。

せっかくお逢いできたというのに、私ったら……。

「では、リズベット殿。今日のところは失礼するよ。また、近々逢おう」

「はい……はい……必ず……」

笑顔で離れるヴィルヘルム様の背中を、私はいつまでも見つめ続けていました。


「……このようなことを申し上げるのもなんですが、ヴィルヘルム様は本当に、リズベット様が以前からおっしゃっておられた、あの日の男の子なのでしょうか？」

ヴィルヘルム様が出ていった扉を見つめ、侍女のマーヤがそう尋ねました。

あの再会の日以降、ヴィルヘルム様はこうしてファールクランツ家に足繁く通ってくださいます。

その度に、私の大好きな……あの日満開に咲いていた、ジャスミンの花束を持参して。

ですが、マーヤはヴィルヘルム様に疑いを持っているようです。

確かに彼女が考えるように、あの御方が人違いである可能性も否定できません。

ヴィルヘルム様は髪を赤く染めているとおっしゃいましたが、本当の髪の色を、私が直接確認したわけではありません。

そのことは、私も多少なりとも引っかかっておりましたから。

ですが。

「……マーヤ。根拠もなく疑うことは、よしたほうがいいわ」

「失礼いたしました……」

私の言葉に、マーヤは深々と頭を下げました。

それでも、彼女の中から……いいえ。私の中でも、疑心は消え去ってはおりませんが。

……仕方ない、ですね。

「では、こうしましょう。ヴィルヘルム様があの日の男の子であれば、私の大切なお守りを今もお持ちのはず。それを、今度お越しになられた際に見せていただきましょう」

「それは良い考えです」

そういうことですので、私はヴィルヘルム様への手紙をしたためます。

次にお越しの際には、あの日のお守りをお持ちください、と。

もちろん、そのお守りが何なのか、お伝えせずに。

一か月後、ヴィルヘルム様がお見えになられました。

「あの日お渡ししたものを、お見せいただけますか？」

私はお逢いするなり、そのことを一番に尋ねました。

マーヤにヴィルヘルム様へのわだかまりをなくしてもらうために……いいえ、私自身、ヴィルヘルム様にほんの少し抱いている、疑念を払拭《ふっしょく》するために。

すると。

「すまない……あれから色々あり、失《な》くしてしまったんだ」

ヴィルヘルム様は平伏《ひれふ》し、謝罪されました。

……失くしてしまわれたのなら、仕方ありませんね。

私は悲しい気持ちになりましたが、静かにかぶりを振ると。

「失くなってしまったのであれば、あれはそういう運命だったのでしょう。ヴィルヘルム様がそのように謝られることではありません」

「リズベット……」

あの日と同じ、琥珀色の瞳で見つめるヴィルヘルム様。

髪の色さえ染めたりするようなことがなければ、私も何一つ疑いはしなかったのに。

でも……今の私は、ヴィルヘルム様をあの日の男の子として見つめることはできませんでした。

第三章 これからに向けて

「ふふ……今日もジャスミンが綺麗《きれい》ですね」

誕生日パーティーの翌日、リズベットは約束どおり天蝎宮《てんかつきゅう》にやって来て、僕と一緒に庭園でお茶をしている。

白く細い薬指に、僕がプレゼントした淡い青色の宝石をあしらった指輪をはめて。

「リズベット様、よかったですね。ずっと想い続けていたルドルフ殿下に、そのような素晴らしいプレゼントをいただいて」

「ええ、本当に……」

「これでようやく、私も肩の荷が下りたというものです。婚約後のリズベット様ときたら、殿下と面会なさった後は毎回私に泣き言を言うんですから、いい迷惑でしたよ」

「マーヤ!?」

「あ、あははー……」

リズベットとマーヤのやり取りに、僕は苦笑いするしかない。

「と、ところで、お二人はその、とても仲が良さそうに見えますが、普段からこんな感じなのですか？」

「そうなんです……私は主人なのですから、もう少し弁《わきま》えてほしいのですが……」

「何をおっしゃっているのですか。私がリズベット様に、どれだけ迷惑をかけられたか。九歳の時におねしょ……」

「ああああああ!?　何を言っているのですか！」

へー……リズベット、九歳でおねしょしていたのかー……って。

「ル、ルドルフ殿下、マーヤの話は嘘《うそ》です！　でたらめです！　あれは違うのです！」

「何が違うんですか。他にも、十歳の時には……」

「もうやめて!?」

次々と暴露しようとするマーヤの口を、リズベットが必死で塞《ふさ》ぐ。

うわあ……主従関係が長いと、黒歴史の数々を知っていても当然かー……僕も気をつけよう。

でも。

「あははっ」

僕はそんな二人の姿を見るのが楽しくて、つい笑ってしまった。

たとえ束《つか》の間《ま》とはいえ、こんな穏やかな日が僕に訪れるなんて、想像もしていなかったよ。

「もう……ルドルフ殿下も笑わなくても……」

「あはは、すみません」

口を尖《とが》らせてプイ、と顔を背けるリズベットに、僕は笑顔で謝罪した。

◆

「それで……ルドルフ殿下は、これからいかがなさるおつもりですか？」

先ほどまでとは打って変わり、リズベットが真剣な表情で尋ねてくる。

彼女の言う『これから』というのは、婚外子でしがない第四皇子の僕が、この皇宮で今後どうしていくつもりなのかということだろう。

「……このようなことをリズベット殿にお話しするのは心苦しいのですが、僕が皇帝陛下に婚約したい旨を申し出た理由は、有力貴族からの後ろ盾を得たいと思ったからなんです」

そう……誰一人味方のいない僕にとって、手っ取り早く支援者を得るためには、有力貴族の令嬢と婚姻関係を結ぶのが一番だと考えたからだ。

腐っても第四皇子という建前上、婚約相手の実家は最低でも伯爵以上の地位であることは見込めたし、婚約すれば僕を暗殺する予定のリズベットからも距離を置けると思ったから。

リズベットが婚約相手じゃなかったら、僕はどうなっていたんだろうか……考えただけで恐ろしい。

「ルドルフ殿下……あなた様がそのことを気に病む必要は一切ございません。自分の身を守るためにそのようにお考えになられるのは当然のことですし、何より、皇帝陛下に婚約を申し出てくださったことは、私にとって僥倖《ぎょうこう》でしたから」

僕が婚約を申し出たことによって、偶然……いや、奇跡的にこうしてリズベットと婚約することができたことは確かだけど……。

「ふふ、実は……」

リズベットは、微笑《ほほえ》みながら話し始める。

マーヤから、僕があの日にリズベットからもらった金貨を持っているとの報告を受けて以降、彼女は僕と逢《あ》う方法を考えていたらしい。

偶然を装うにしても、リズベットが皇宮に来る用事なんてないし、皇室行事などの機会を利用しようにも、先日の僕の毒殺未遂事件もあって、そういったことは現在も控えている。

どうしたものかと悩んでいるところに、マーヤから次の報告があった。

それは……僕が皇帝にお願いして、婚約相手を探しているというもの。

リズベットは慌てて父であるファールクランツ侯爵を説得し、自ら僕の婚約者候補に名乗り出た。

マーヤの耳打ちによると、侯爵が唯一頭の上がらない母君を利用したらしい。

「……それで、私はルドルフ殿下と面会し、今に至るというわけです」

「そ、そうだったんですね……」

マーヤには僕の金貨を目撃されているし、皇帝との謁見《えっけん》についても知られている。

リズベットがそのことを知るのは、当然の流れだよね。

だけど。

「あ……」

「僕との婚約を望んでくれて、ありがとうございます。おかげで僕は、こんなにも幸せです」

リズベットの手を取り、僕は改めて感謝の言葉を告げた。

僕が彼女と婚約できたのは、奇跡なんかよりももっと素晴らしい理由によるものだと知ったから。

僕は、本当はとても幸せな人間なのだと、知ったから。

「殿下も、私のことを受け入れてくださって、ありがとうございます。そのおかげで私は、こんなにも幸せです」

僕とリズベットは見つめ合い、微笑み合う。

奇跡なんかじゃ絶対に手に入れることのできない、最高の幸せを享受しながら……って。

「コホン。そういうことは、私のいないところでしてくださいませ」

「「あ……」」

咳払《せきばら》いをするマーヤにジト目で睨《にら》まれ、僕達は苦笑した。

「話を戻します。婚約によって後ろ盾を得たら、僕は次の一手として……」

ここで僕は、あえて周囲を見回した。

まるで、誰かが盗み聞きしていないかを、警戒しているかのように。

「殿下、ご安心ください。この天蝎宮において、そのような不遜な輩《やから》は一部を除き、全て排除しております」

僕の仕草を見て察したマーヤが、恭しく一礼して告げる。

元々、マーヤが専属侍女になった時に半分以上の使用人を入れ替えていたし、僕もそれを期待して彼女を専属侍女にしたんだけど。

とはいえ、僕としては当面の敵を絞りたくてそうしたものの、結果的に最大の味方に守られる形になったんだから、嬉《うれ》しい誤算だ。

だけど……これから告げる内容は、できれば敵に盗み聞きしてほしかったんだけど、どうしようかなあ……。

「……何かあるのですか？」

「え？　ああいや、ちょっと考えていることがありまして、どうやってそれを伝えようかな、と……」

「？」

リズベットが不思議そうな顔をして首を傾《かし》げる。

いずれにせよ、まずは二人に話をしないことには始まらないか。

「実は、僕は三人の皇子のうちの一人と、手を組もうと考えているんです」

「つ！　それは……」

それを聞いた途端、リズベットが複雑な表情を浮かべた。

あの日のロビンの振る舞いを知っているだけに、リズベットは反対なのだろう。

「よく考えてみてください。これまでの何の力もなかった僕であれば、手を結びたいと申し出ても一笑に付されていたでしょう。ですが、まだ公表されていないにしても、あの三人も僕とリズベットが婚約したことを知っているはずです」

「は、はい……」

「そうすると、三人はこう考えていると思います。『自分が次の皇帝になるために、帝国一の軍事力を誇る、ファールクランツ家の力を得たい』と」

そう……リズベットと婚約したことで、僕は皇位継承争いにおいて重要なキーマンになった。

三人の陣営はこれまでも、ファールクランツ侯爵に対し秋波を送っていたはずだ。

彼の協力を得られれば、それだけで今の均衡を崩すことができ、戦局を有利に進めることができるから。

「なるほど……つまり、ルドルフ殿下と手を結ぶことこそが、皇帝への近道となるというわけですね」

「皇太子の決定は、現皇帝であるカール陛下の判断によるものの、帝国の軍部を司《つかさど》るファールクランツ閣下の声は無視できませんから」

「確かに三人の皇子殿下からすればそうなのでしょうが、同時にルドルフ殿下自身が、今以上に危険に晒《さら》されることになったとも言えます」

これまで静かに聞いていたマーヤが、僕に鋭い視線を向けて指摘する。

「そのとおりだよ。だから僕は、『自分の身の安全のために、僕を庇護《ひご》してくれる者と手を結びたがっている』と喧伝《けんでん》したいんだ」

「それで殿下は先ほど、天蝎宮に潜伏している間者のことを気にされておられたのですね」

さすがはリズベット、僕の意図に気づいたみたいだ。

そう……僕は、三人あるいは三人に与《くみ》する者の間者を通じて、この会話を知らせたかったんだ。

そうすれば、少なくとも僕に野心がないことを理解するだろうし、わざわざ僕が動かなくても、その気があれば向こうから接触してくる。

ただ、選ぶ権利はもちろん僕にあるけどね。

「ですが、それでもルドルフ殿下の安全が保障されているわけではありません。これまでの行いを鑑みれば、殿下と手を結びたくても結べない皇子殿下もいらっしゃるのでは？」

「あはは、マーヤはロビン兄上……って、誰も聞いていないんだし、今さら兄上なんてつけなくていいや。ロビンのことを言っているんだろうけど、心配いらないよ」

「それは、どうしてですか？」

「だって考えてもごらんよ。僕に何かすれば、それこそファールクランツ侯爵が敵に回ると考えるに決まっているじゃないか」

あのロビンという男は、第三皇子であることを笠《かさ》に着て傲慢《ごうまん》に振る舞っているけど、その正体はただの小心者だ。

アイツこそ自分に自信がないから、より下の存在である僕に強く出ているだけなのだから。

そんな男が、あのファールクランツ侯爵に面と向かって敵対することなんて、できるはずがない。

「ふふ、そうですね。あの男もまた、ヴィルヘルムと同じくらい愚かな男でした。謹慎こそ僅《わず》か一か月で解かれましたが、身の程を弁えて今も大人しくされているようで」

そう言って、リズベットがクスクスと嗤《わら》う。

彼女が本当はすごく優しくて素敵な女性だということは分かっているんだけど、その氷の微笑を見ると、なぜか背中に冷たいものを感じてしまうよ。

「ルドルフ殿下のお考えは分かりました。このことについては、私のほうで上手《うま》く伝わるようにいたします」

「え？　できるの？」

「もちろんです。むしろ、そのような流言は私の得意とするところです」

左胸に手を当て、誇らしげに告げるマーヤに、僕は戦慄《せんりつ》した。

それって、マーヤの舌先三寸で僕の評価なんて簡単にどん底に落とせるってことじゃないか
……って、既に底辺だから気にすることなかったよ。

「じゃあマーヤ、お願いするよ」

「お任せください」

さて……とりあえず、二人に伝えるべきことはこんなところかな。

あとは、時間の許す限りリズベットと一緒に飲むお茶を楽しんで……。

「ルドルフ殿下」

「ゴフッ!?　は、はい？」

お茶を口に含んだ瞬間、リズベットに鋭い視線を向けられ、思わずむせてしまった。

い、一体どうしたんだろう……。

「殿下の次の行動についてはお伺いしましたが、肝心なことをお聞きしておりません」

「肝心なこと……？」

「はい。これまでのお話をお聞きする限り、あなた様は帝位に一切興味がないご様子。であれば、ルドルフ殿下は将来についてはどのように考えておられるのですか？」

将来……僕の将来、か……。

確かに婚約者のリズベットからすれば、気になるところだよね。

「……お気づきのように、僕は皇帝の座などに一切興味がありません。付け加えるなら、この第四皇子という身分も、皇族という身分すらも、僕にとっては邪魔でしかない」

「…………」

「だから、辺境にでも申し訳程度の領地をもらって、そこで静かに余生を過ごせればいい……毒から回復した僕は、ずっとそう考えていました」

「……今は、違うのですか？」

リズベットが僕の顔を覗《のぞ》き込み、おずおずと尋ねる。

そうだね……今は違う。

だって今の僕には、守るべき女性《ひと》がいるのだから。

「希望どおり辺境の領地に引きこもっても、いずれ皇族である僕を利用しようと考える者も現れるでしょうし、それを危惧して僕を亡き者にしようと考える輩もいるでしょう。なので、それだけじゃ駄目なんです。足りないんです」

そうだ。いくら僕が逃げ出したって、呪いのようにつきまとう皇族という身分が、それを許してくれるはずがないんだ。

だから。

「僕は、力が欲しい。どんな魔の手を伸ばしてくる者が現れても、抗《あらが》える力が。大切な女性《ひと》のためと、その大切な女性《ひと》が大切に想ってくれる、僕自身のために」

リズベットのアクアマリンの瞳を見つめ、はっきりと告げた。

全てに抗うと決めた、僕のこの決意を。

「ふふ……やはり、あなた様はあの日と同じ、強い御方のままなのですね」

リズベットは表情を緩め、優しく僕を見つめる。

だけど、君の言うとおり僕が強いのだとしたら、それは全て君のおかげなんだ。

あの日の君が、僕を見てくれたから。


――今も君が、僕を見てくれるから。

■ドグラス＝ファールクランツ視点

「ふう……」

愛娘《まなむすめ》リズベットの誕生日パーティーから三日後の早朝。

通常の五倍の重さのある剣の素振りを一千回行い、私は深く息を吐いた。

幼い頃から三十五年もの間、一日も欠かさず行っており、これをしないことには一日が始まらない。

「うふふ、お疲れ様でした」

「テレサ……ありがとう」

妻のテレサから布を受け取り、私は汗を拭《ぬぐ》う。

これもまた、彼女と結婚してからずっと続いている、日課の一つだ。

「……早くルドルフ殿下を鍛えたいものだ」

「まあまあ。あなたもすっかり殿下にご執心ですね」

私の呟《つぶや》きを拾い、テレサは楽しそうに笑った。

そう……私は原石であるルドルフ殿下を、輝く宝石に磨いて差し上げたいのだ。

パーティーを抜け出しての立ち合いで見せた、彼のその才能を。

「それにしても、リズベットは見る目がありますね。『ルドルフ殿下と婚約したい』と言い出した時には、どうしようかと思いましたが……」

「うむ、そうだな」

たとえ皇帝陛下からの打診とはいえ、その背景もさることながら、皇宮内でも悪評高いルドルフ殿下と愛娘の婚約。

何より、殿下は毒殺されそうになったのだ。つまり、リズベットも同じように命を狙われる危険がある。

だから私は、丁重にお断りしようと考えていた。

だが。

『お父様。ルドルフ殿下との婚約、ぜひともお受けしたいです』

そう告げた時のリズベットの表情は、喜びと覚悟に満ちていた。

まるで、長い間この時を待ち望んでいたかのように。

私はリズベットの説得を試みるが、聞き入れようとしない。

この頑固なところは誰に似たのかと思ったが、テレサに『あなたにそっくりですね』と言われた時には、それなりに落ち込んだものだ。

テレサの説得もあり、まずは会ってみてから考えるようにと伝えたが、殿下との面会を終えて帰ってくるなり、『私の運命の御方は、やはりルドルフ殿下をおいて他にはおりません』などと嬉しそうに言って、すっかり気に入ってしまった様子。

普段はあまり感情を表さないだけに、それほどまでに喜びを見せるリズベットに、父として寂しさを覚えてしまった。

皇宮に潜入していたマーヤからも、ルドルフ殿下を称賛する答えが返ってくる。

確かに毒から回復されてからのルドルフ殿下は、皇宮内に蔓延《はびこ》っていた不正を糺《ただ》し、まるで別人のような振る舞いを見せてはいたが、だからといってすぐに信用できるものではない。

それでも、私は愛娘可愛《かわい》さに、リズベットの願いを聞き入れたのだ。

そして、ルドルフ殿下の人となりを見定めるために行った立ち合いで、私は彼のことを理解した。

リズベットと、共にありたいという願いを。

リズベットを、守りたいという覚悟を。

それは、彼の中にある秘めたる才能よりも、遥《はる》かに輝きを放っていた。

……いや、その心の強さもまた、ルドルフ殿下の才能なのだろう。

父としてそのことに気づいたとき、ルドルフ殿下に想いを寄せるリズベットの慧眼《けいがん》には、我が娘ながら感服した。

「あなた、そろそろ……」

「む、もうそんな時間か」

テレサに促され、私は訓練場を後にして、支度を整える。

これから私は、皇帝陛下と謁見をするのだ。

ルドルフ殿下について、あることを願い出るために。


「皇帝陛下、この度は急なお願いにもかかわらず拝謁《はいえつ》をお許しくださり、ありがとうございます」

謁見の間にて、私は皇帝陛下の前で傅《かしず》く。

「堅苦しい挨拶はよい。それで、どうしたのだ？」

「はっ。実は、ルドルフ殿下と我が娘リズベットは共に十四歳。来年になれば、二人は帝立学園に入学することとなります。ついてはそれまでの間、より二人が良い関係を築けるように、我がファールクランツ家で殿下をお預かりしたく……」

マーヤからの報告を聞く限り、ルドルフ殿下は皇宮内で決して恵まれた状況にいない。

ならば入学までの間、彼をファールクランツ家で保護すれば、理不尽な思いをしないで済む。何より、一年もあればルドルフ殿下を徹底的に鍛えることができるからな。

彼の成長する姿を想像し、私は顔を伏せたまま思わず頬《ほお》を緩めそうになる。

だが。

「ふむ……ならん」

「つ!?　……それは、なぜでしょうか？」

「決まっておる。ルドルフはまがりなりにもバルディック帝国の皇子。臣下の家に居候など、させるわけにはいかん。それに」

「……それに？」

「最愛の息子がいなくなっては、ベアトリスの奴が悲しむからな」

皇帝陛下の言葉に、私はギリ、と歯噛《はが》みする。

自分の息子を一切顧みず、陛下との享楽に溺れているような女狐《めぎつね》が、そのようなことを思うはずがあってたまるか。

だが、陛下がそのように認めてくださらないのであれば、私にも考えがある。

「承知しました。ならばその代案として、リズベットを殿下のお傍《そば》に置くことをお許しください。加えて、娘の身の回りの世話をする者として、幾人かの者の皇宮への入場もお認めいただきたく」

「む……」

まさかこのように返されると思っていなかったのか、皇帝陛下が唸《うな》った。

私としてもリズベットを皇宮のような場所に送るのは断腸の思いだが、かといって息子となるルドルフ殿下を犠牲になどできない。

それに、私が言うのもなんだが、リズベットは強い。

皇宮の中であっても、気後れすることはないだろう。

あとはこの私が、ルドルフ殿下に稽古をつける意味でも、毎日通えばよいのだ。

「陛下」

「……仕方あるまい」

さすがにこれ以上は無下《むげ》にはできないと考えたのか、皇帝陛下も渋々了承した。

だが……やはり、テレサの言ったとおりになったな。

ここまで見越しているテレサは、最高の妻というよりほかはない。

「では、早速そのように手配いたします。それと話は変わりますが、実は先日、ルドルフ殿下と手合わせをする機会がございまして……」

「ほう……」

私の話に興味を持ったのか、皇帝陛下が身を乗り出す。

陛下の中にも、ひょっとしたら少しはルドルフ殿下への愛情があるのかもしれない。

「帝国最強と謳《うた》われるファールクランツ卿と手合わせとは、名誉なことではあるがルドルフには無謀だったのではないか？」

「とんでもありません。ルドルフ殿下は剣術を習ったことがないのか、剣筋や体捌《たいさば》きこそ素人ではありましたが、正しい指導者さえいれば、いずれこの私をも凌駕《りょうが》するほどの才をお持ちです」

皇帝陛下に対し、私はルドルフ殿下を手放しで褒めた。

この言葉に偽りはないが、実は気になっていることがある。

それなりに武を嗜《たしな》んでいる者であれば気づくであろう殿下の才能を、皇宮の者達が一切気づいていないことに、どうしても違和感を覚えるのだ。

すると。

「分かっておる」

「……………………え？」

「ルドルフの才は、最初から分かっておると言ったのだ」

……どういうことだ？

ルドルフ殿下の才能をご存じであるならば、むしろそれを積極的に伸ばすべきであるし、そのほうが皇室にとっても有益なはず。

だが、それをあえてしないということは……………………まさか。

「皇帝陛下、これにて失礼いたします」

私はこの場から一刻も早く立ち去りたくなり、会話を切り上げて恭しく一礼する。

「ハハハ……ファールクランツ卿。お主の娘の件は、一つ貸しだぞ？」

「……………………」

皇帝陛下の言葉に振り返ることなく、私は足早に謁見の間を出た。

「クソッ！」

怒りのあまり、皇宮の壁を思いきり殴りつける。

少々陥没してしまったようだが、知ったことか。

「ルドルフ殿下は、わざと虐《しいた》げられていたということではないか……っ！」

元々、彼の母親は身分も低い愛人ということもあり、皇宮内外でよく思われていないことは、最初から分かっていた。

だが、なぜ実の父親であるはずの皇帝陛下までもが、ルドルフ殿下を蔑《ないがし》ろにしていたのだ！

あれほど才能に溢《あふ》れたルドルフ殿下を無視し、周囲が彼を蔑《さげす》む環境を作って。

「……そういうことなら、こちらにも考えがある」

ならば、ルドルフ殿下に対してそのような真似ができぬよう、この私が彼を誰よりも……この私すらも凌駕するほどの強さに鍛え抜いてみせる。

そして、これまで彼を蔑ろにしてきた全ての者に、後悔させてやろう。

私は謁見の間の扉を見据え、決意を込めて拳を握りしめた。


決意を新たにしたリズベットとのお茶会から十日後、早朝から突然始まった天蝎宮の模様替えに、僕は目を白黒させた。

「これ……なに……？」

「ルドルフ殿下、おはようございます。本日はお早いお目覚めですね」

「おはようマーヤ。部屋の外がこんなに騒がしければ、嫌でも目が覚めるよ。それで、これについて説明してくれると嬉しいんだけど」

「それはお答えできません」

ええー……一応僕、この天蝎宮の主《あるじ》だよ？　最近、僕とマーヤで立場が逆転しているように感じられるんだけど、気のせいかな？　気のせいであってくれ。

「それより、せっかく早起きをされましたので、支度を整えていただきましょう。ええ、そうしましょう」

「ちょっ!?」

グイグイと背中を押され、僕は部屋へと戻って着替えを……させてもらえないんだけど。

「ええとー……マーヤ？」

「何でしょうか？」

「どうして僕は、朝からお風呂に入っているのかな？」

「決まっています。リズベット様にお逢いなさるのですから、しっかりと身だしなみを整えていただきませんと」

んん？　リズベットとは毎日逢っているけど、さすがにここまでしたのって、あの初めて面会した時と誕生日パーティーの時くらいだよね？

なのに、今日に限ってどうして？

「リズベット様も、殿下に見惚《みと》れてしまうこと請け合いでございます！」

「そ、そうかなー……」

僕は首を傾げつつ、マーヤにされるがままになっていた。

まあ、リズベットが喜んでくれるなら、それに越したことはないからね。

ということで、お風呂で身体を清めた僕は、マーヤがチョイスした服に身を包む。

これも普段着ではなくて、まるでパーティーにでも出席するかのような出《い》で立《た》ちだ。うん、さすがにこれはやりすぎだと思う。

「さすがはルドルフ殿下！　これでリズベット様も、惚《ほ》れ惚《ぼ》れなさること間違いなしです！」

「そ、そうかなー……」

僕は首を傾げつつ、鏡を見つめた。

まあ、リズベットが喜んでくれるなら、それに越したことはないからね。(二回目)

「じゃあ、朝食を食べに食堂へ……」

「ルドルフ殿下、本日の朝食はもう少し後です」

「えぇー……」

まさかお預けを食らうことになるとは思ってもみなかった。いや、なんで？

「それよりも、そろそろ玄関にまいりましょう」

「玄関？」

はて？　今日の僕、朝から外出する予定なんてあっただろうか？

というか、僕が外出する用事なんてファールクランツ邸に行くくらいしかないし、リズベットとはそんな約束をしていないんだけど。

「リズベット様も、それはもうお喜びになること間違いなしです！」

「そ、そうかなー……」

僕は首を傾げつつ、玄関へと向かった。

まあ、リズベットが喜んでくれるなら、それに越したことはないからね。(三回目)

すると。

「あれ？　あの馬車は……」

玄関の前の道を通り、一台の馬車がこちらへと向かってくる。

車体にあるあの紋章……間違いなくファールクランツ家の馬車だ。

リズベットがこんな朝早くに来るなんて珍しいな。

いつもは大体十五時頃に来ることが多いのに……って!?

「ど、どういうこと!?」

僕は馬車を指差しながら、思わず叫んだ。

だ、だって、よく見たらファールクランツ家の馬車が何台も連なっているんだけど!?

驚く僕をよそに馬車は真っ直《まっす》ぐこちらへと向かってきて、先頭の馬車が僕の目の前に横付けされる。

「ルドルフ殿下、おはようございます」

「う、うん、おはようございます……」

僕は目を白黒させたまま、にこやかに微笑むリズベットの手を取って馬車から降ろした。

「そ、その、この馬車は一体……」

「？　マーヤからお聞きになられておりませんか？」

おずおずと尋ねる僕に、リズベットは不思議そうな表情を浮かべる。

え？　どういうこと？

僕は慌ててマーヤを見ると……あ、目を逸《そ》らした。

笑いを堪《こら》えて肩を震わせているところを見ると、どうやら確信犯みたいだな。

「ハア……本当に、マーヤったら……」

「それで、事情を教えてくださると助かるのですが……」

マーヤの仕業であると察したリズベットは、溜息《ためいき》を吐《つ》く。

そんな彼女に、僕が改めて尋ねると。

「これから帝立学園に入学するまでの約一年間、私はこちらの天蝎宮で、ルドルフ殿下と一緒に暮らすことになりました」

「えええええええええええ!?」

僕は驚きのあまり、仰《の》け反《ぞ》って絶叫した。

「ど、どういうことですか!? どうしてそんなことに!? い、いや、それならリズベット殿をお迎えする準備を!?」

「殿下、落ち着いてくださいませ」

混乱を極める僕の手を、リズベットが優しく握る。

そのおかげで、僕も幾分かは落ち着きを取り戻した。

「そ、それで、どうしてリズベット殿がここで暮らすことになったのですか？」

「はい……」

リズベットは、今回の経緯《いきさつ》について説明してくれた。

なんでも、ファールクランツ侯爵が僕とリズベットがお互いを知るためにと配慮し、当初は僕をファールクランツ家に居候させることを皇帝に進言したらしい。

だけど、さすがに皇子である僕を臣下の屋敷に住まわせるわけにはいかないと断られたため、それならばということで、リズベットを天蝎宮で預かることになったとのこと。

いや、そんな大事な話、もっと早く教えてよ。

「……私もマーヤから、『ルドルフ殿下には私からお伝えしておきますので、説明不要です』と言われ、おかしいとは思っていたんです」

「なるほど……」

僕とリズベットは、マーヤをジト目で睨む。

当のマーヤはそんな視線を受けてもどこ吹く風で、使用人達に次々と指示を出していた。

「そ、その……ご迷惑でしたか……？」

リズベットは僕の顔を覗き込み、不安そうに尋ねる。

「まさか。リズベット殿と一緒に暮らせるなんて、こんなに嬉しいことはありません。ただ、それでしたらもっと盛大にお迎えをしたというのに、その準備ができなかったことが、一番の心残り……」

「殿下、ご心配なく。このマーヤが万事整えておりますので」

いつの間にか傍に来ていたマーヤが、胸に手を当てて一礼した。

いや、なんでそんなに誇らしげなの？　むしろ報連相《ほうれんそう》を怠る……いや、わざと報告しないってどういうことなんだよ。

「と、とにかく、僕はあなたと一緒に暮らせるなんて、夢のようです」

「あ……はい、私もこれからルドルフ殿下のお傍にいられることに、胸が高鳴っております」

うん、とりあえずマーヤは後でとっちめることにして。

「リズベット殿……ようこそ、天蝎宮へ」

僕はリズベットの前で跪《ひざまず》いて細く白い手を取り、そっと口づけを落とした。

「ふふ、やはりルドルフ殿下とご一緒する朝食は格別です」

僕とリズベットは並んで座りながら、遅めの朝食を摂《と》る。

マーヤのせいで朝から驚かされてばかりだったけど、これに関してはよくやってくれた。おかげで僕も、幸せそうなリズベットの表情を見て、お腹だけでなく心も満たされております。

だけど。

「……殿下、ニンジンも食べないといけませんよ？」

「リズベット様、もっと言ってあげてください。殿下はすぐ私の隙《すき》をついて、ニンジンを食べずに隠そうとするんです」

くそう、監視の目が二つに増えたことは予想外だった。

どういうわけか、ルドルフである今の僕も、前世の僕も、ニンジンだけはどうしても嫌いなんだよなあ……。

いずれにせよ、今後のニンジンの処理方法について早急に考えておかないと。

「ところで、リズベット殿は天蝎宮には毎日お越しくださっていましたが、皇宮内の他の場所などはご覧になったことは……？」

「いいえ、ございません。この天蝎宮を除けば、あの日の記憶に残っている場所だけです」

「では、朝食が終わりましたら、ご案内します。帝立学園に入学するまでの一年間、ここに住まわれるのですから、知っておいていただいたほうがいいと思いますので」

三人の皇子……特に、ロビンがいる金牛宮に近寄らないようにするためにも、位置関係はしっかりと把握してもらわないと。

アイツ、リズベットにも絶対に絡んでくると思うし、あの日に嫌な思いをしたのは全部ロビンのせいだから。

「はい、ありがとうございます。では殿下、よろしくお願いします」

「こちらこそ、よろしくお願いします」

ということで、僕達は朝食を済ませ、皇宮内を散策する。

皇帝が暮らす『黄道宮』を中心として、僕の管理する天蝎宮を含め十二の宮殿がある。

現在は、十二宮殿のうちの七つを、僕を含めた四人の皇子と二人の皇妃、そして愛人であるベアトリスが管理し、残りの五つは皇帝直轄となっている。

といっても、皇帝直轄分は維持管理のみしか行っておらず、普段は定期的に騎士が見回りを行う程度で、誰もいないんだけどね。

だけど。

「ここは……？」

「皇帝陛下直轄となっている宮殿の一つで、『処女宮』と呼ばれています。さあ、こちらです」

「は、はい……」

リズベットの手を取りながら、処女宮の中を進むと。

「あ……」

「あの日、僕とあなたが初めて出逢った庭園です」

そう……あの日の庭園は、処女宮に存在していた。

今は手入れこそされているものの、花は植えられておらず、どこか殺風景な雰囲気となっている。

でも、ジャスミンが咲き乱れていたあの日の光景だけは、今も鮮明に覚えている。

ならリズベットのこともちゃんと覚えておけよという指摘は、この際甘んじて受けよう。

「ふふ……これからはいつでも、あなた様と一緒にここに来ることができるのですね……」

「もちろんです。僕も、あなたと再びここに来ることができて、嬉しいです」

僕の肩にそっと頬を寄せるリズベット。

彼女の温《ぬく》もりが嬉しくて、僕が一切動かずに庭園を眺めていると。

「フン……まさかこんなところで、〝穢《けが》れた豚〟に出くわすとはな」

現れたのは、皇宮で一番お呼びじゃない人物――第三皇子のロビンだった。

ロビンは新たな従者を二人連れているが、先日の一件があったからか、従者達は気まずそうにしている。

まあ、ロビンに命令されて僕に手出しをしたら、それこそ二の舞になってしまうからね。従者からすれば、できれば関わり合いになりたくないっていうのが本音だろう。

それは置いといて……どうしてロビンがこの処女宮に？

あの日以降、これまで僕が一人でここを訪れた時だって、一度も遭遇したことがなかったのに。

とにかく、あの日だってロビンは執拗《しつよう》にリズベットを追いかけ回したんだ。どんな難癖をつけてくるか分からない。

そう考えた僕は、リズベットを隠すように彼女の前に立った。

「ん？　ひょっとして貴様の後ろにいる女が、例の婚約者なのか？」

「…………………」

「ハハハ！　その様子を見る限り、俺に見せられないほど貴様の婚約者は醜いのだな！　なあ、お前達もそう思うだろう？」

「「は、はあ……」」

ロビンに話を振られ、従者達は答えに窮して曖昧に返事をする。

でも、それが気に入らなかったのか、ロビンは従者の一人を蹴り飛ばした。

ハア……こんな奴の従者なんて、最悪の仕事だなあ。

とはいえ、この従者達だってロビンの派閥である貴族家の者なのだろうし、甘んじて受け入れるしかないよね。嫌なら、他の皇子に乗り換えればいいんだ。

でもそれをしないということは、ロビンを担いだほうが都合がいいということなのだろう。

「おい豚、この俺が直々に確かめてやるから、その後ろの女を俺に見せろ」

「……お断りします」

「何だと！　〝穢れた豚〟のくせに生意気な！」

「当然でしょう。僕のことを悪し様《あざま》に言うのはいい。でも、彼女は僕の大切な婚約者で、由緒あるファールクランツ侯爵家のご令嬢。その彼女を貶《けな》す兄上に、彼女を見る資格はありません」

「貴様！　言わせておけば！」

激高したロビンが、直接僕に殴りかかる。

前回は従者が手を出したから処罰されたけど、自分の手を汚すのであれば兄弟喧嘩《げんか》としてお咎《とが》めもないだろうからね。ない知恵で考えたじゃないか。

かといって、婚外子の僕が手を出せば、皇帝はともかくロビンの母親である第一皇妃が、絶対に僕を処罰……いや、排除しようとするに決まっている。

ただでさえ僕は、母親のせいで恨まれているから。

何より、下手をすればリズベットにまで飛び火してしまう。

そう考えた僕は、目を瞑《つむ》ってロビンの拳を待つ……んだけど。

「……ここは皇帝陛下が管理されている処女宮。そのような行為はいかがかと思いますが」

「っ!?」

目を開けてみると、リズベットがロビンの拳をその細い手で受け止めていた。

い、いや、何してるの!?

「申し遅れました。私はファールクランツ家長女で、ルドルフ殿下の婚約者、リズベットと申します」

つかんだロビンの拳からゆっくりと手を離し、リズベットが優雅にカーテシーをした。

その所作は思わず見惚れてしまうほどだけど、それよりも。

「…………………」

……ロビンの奴が、口を半開きにして固まっているんだけど。

ま、まさかとは思うけど、リズベットのあまりの美しさに一目惚《ひとめぼ》れした……なんていうんじゃないよね……？

「ルドルフ殿下、そろそろまいりましょう」

「え、ええ……」

リズベットにこの場から立ち去るよう促され、僕は彼女の手を取って庭園から離れ……ようとして。

「ま、待て！　貴様……いや、リズベット！　なぜルドルフのような豚と婚約を！」

「……おっしゃっている意味が分かりかねますが」

「言葉どおりだ！　コイツは〝穢れた豚〟で、リズベットのような者が傍にいるべき男ではない！　その美しさに見合った、もっと相応《ふさわ》しい男がいるはずだ！」

いや、本当にやめてよ。ロビンの奴、完全にリズベットに一目惚れしちゃってるじゃないか。自分も婚約者がいるくせに、弟の婚約者に目移りしてそんな台詞《せりふ》を吐くなんて、気持ち悪いんだけど。

「ふふ……ロビン殿下のおっしゃる『相応しい男』とは、一体誰を指していらっしゃるのでしょうか」

クスクスと嗤い、リズベットは尋ねる。

でも、そのアクアマリンの瞳は笑っていないどころか、その視線だけで凍死してしまいそうなほど冷たい。僕ならあんな視線を受けたら、絶対に耐えられないよ。

「決まっている！　リズベットに釣り合う男となれば、正当な皇族以外にいないだろう！　それこそ、フレドリク兄様やこの俺のように！」

うわあ……自分でそんなこと言うかな。

しかも、シレッと第二皇妃の息子である、第二皇子のオスカルは除外しているし。

これ、見ている僕のほうが別の意味でつらいんだけど。

「おかしなことをおっしゃいます。私もルドルフ殿下と婚約をしている身ですが、ロビン殿下をはじめ、皇子殿下の皆様は既に婚約者がいらっしゃるではありませんか」

「そんなもの、皇帝となれば側室くらいいて当然というものだ！」

……開いた口が塞がらないとは、こういうことを言うんだろうね。

僕だって暴君の道を選ばない限り皇帝になることなんてあり得ないけど、第三皇子のロビンだって、皇帝になる可能性はないに等しいのに。

「いずれにしましても、私にはルドルフ殿下という世界一素敵な御方がおります。ロビン殿下のおっしゃる『相応しい男』には、生憎《あいにく》と興味はございませんので」

そう言うと、リズベットはわざと見せつけるように僕の胸にしなだれかかった。

おかげで僕の胸は、これ以上ないくらい高鳴っております。

「では、今度こそごきげんよう」

「ま、待て！　待って……っ！」

手を伸ばして必死に呼び止めようとするロビンを無視し、僕とリズベットは今度こそ処女宮を後にした。

「リ、リズベット殿、その……申し訳ありません……」

天蝎宮に戻ってくるなり、僕は顔を真っ赤にしながら深々と頭を下げた。

ああ……穴があったら入りたい……。

「そんな、おやめください。ルドルフ殿下が謝られるようなことは、何一つございません」

「で、ですが……」

逆に恐縮するリズベットに、僕はますます頭が上がらなくなる。

くそう、ロビンが愚かだということは十二分に知っていたはずだったけど、ここまでどうしようもないとは想定外だ。

「……お二人とも、どうかなさったのですか？」

「「あ……」」

不機嫌そうに尋ねるのは、留守番をさせられていたマーヤだ。

最初は僕達と一緒に皇宮内を回ろうとしたんだけど、リズベットから『来ないでください』と明確に拒否されたのだ。

まあ、僕も処女宮の庭園へリズベットを連れていく予定だったので、二人きりになりたかったこともあり、リズベットに賛同したら、見事に拗《す》ねてしまったわけだ。

「そ、その……実はロビンと出くわして、ひと悶着《もんちゃく》があったんだよ……」

「そうですか。この私がご一緒でしたらそんなことはなかったというのに、お二人とも災難でしたね」

「「…………………」」

マーヤはかなりご立腹のようで。

「いや、悪かったよ。今回はどうしても二人で行きたかったところがあったから、しょうがなかったんだ。次からは、ちゃんとマーヤも一緒だから」

「そうですよ。いつまでも拗ねていないで、そろそろ機嫌を直しなさい」

「……仕方ありませんね」

僕が謝ったことで、マーヤはようやく溜飲《りゅういん》を下げたようだ。

この専属侍女、意外と面倒くさい。

「それで真面目な話、ロビン殿下と遭遇したのは理解しましたが、一体何があったのですか？」

「それが……」

僕は処女宮での出来事について、かいつまんで説明する。

特に、弟の婚約者に横恋慕する、その気持ち悪さを強調して。

「うわあ……ロビン殿下、終わっていらっしゃいますね」

「だろう？」

こんなにもマーヤと心が通じ合ったのは、ひょっとしたら初めてかもしれない。

「ですが、これはリズベット様が美しいからこその悩みでもありますので、ルドルフ殿下としては鼻が高いのではないですか？」

「そ、それはまあ……」

でも、リズベットの美しさを知っているのは、僕一人で十分なんだよ。

他の男連中は、リズベットを見るな……って。

「リズベット殿？」

「あ、あう……恥ずかしい……」

リズベットは真っ赤になった顔を、両手で覆ってしまった。

そんなリズベットも、僕は可愛らしくて仕方ない。普段はクールで凛《りん》としているからね。

こうやって恥ずかしがる姿とのギャップがなんとも言えず、僕の心を鷲《わし》づかみするんだけど。

「とにかく、色々な意味でロビンは要注意だ。絶対に、リズベット殿に近づけてなるものか」

「殿下、お任せください。このマーヤ＝ブラント、ロビン殿下が二度とリズベット様を拝めないようにしてみせます」

マーヤが胸に手を当て、恭しく一礼する。

どうやってそんなことをするのか気になるところだけど、僕としては彼女がすごく頼もしく思えた。

「で、ですが、これでロビン殿下と手を結ぶ、という選択肢はなくなりました」

ようやく落ち着きを取り戻したリズベットが、会話に加わる。

それでも、まだ耳が赤いところをみると、恥ずかしさは残ったままみたいだ。

「いえ、最初からロビンは選択肢に入っておりませんよ。第三皇子と手を結んだところで、意味がありませんし、何より、ロビンは母親が同じである第一皇子のフレドリク兄上についていますから」

といっても、手を結ばない最大の理由は、あの日を含め、リズベットに手を出そうとしたからだけど。そんな奴、絶対に願い下げだ。

「今のお話ですと、ルドルフ殿下は第二皇子のオスカル殿下と手を結ぶ……そういうことですね？」

「いいえ、違います」

リズベットの言葉に、僕はかぶりを振って否定した。

「で、では……」

「うん。僕は第一皇子の、フレドリク兄上と手を結ぼうと思っている」

「「っ⁉」」

僕の答えを聞いたリズベットとマーヤが、目を見開いて息を呑《の》んだ。

まあ、二人が驚くのも無理はない。

フレドリクは放っておいても皇太子の最有力候補だし、母である第一皇妃も弟のロビンも、このフレドリクのことを毛嫌いしているからだ。フレドリクの陣営に加わっても、良いことなんて何一つないように思える。

だけど。

「僕は知っています。あのロビンは、実の兄であるフレドリク兄上に対し、常に嫉妬を抱えていることを」

そう……ロビンは、フレドリクに嫉妬している。

頭脳、能力、容姿の全てにおいて数段も勝るフレドリクに劣等感を覚え、しかも第一皇妃であるアリシア皇妃はフレドリクにご執心で、ロビンには期待していない。

それは皇帝も同様で、あの男にとってロビンの存在など、この僕よりほんの少し上程度の評価でしかないんだ。

だからこそロビンは自分よりも下の存在である僕に対し、あそこまで執拗に蔑み、こき下ろすことでちっぽけなプライドを……自分の存在意義を見出《みいだ》しているに過ぎないのだから。

リズベットを除いて誰からも相手にされていなかった僕は、アイツの気持ちが理解できないわけじゃない。

……だからといって、僕がアイツに同情することは決してないけど。

「そして、ロビンが最も下に見ている男が自分に劣等感を植えつけたフレドリク兄上と手を結べば、どう思うでしょうか？」

「自分よりも劣ると思っていた者のほうが優遇されれば、ぎりぎり保っていたプライドがこの上なく傷つけられてしまいますね……」

「ええ。なら、自分を守るためにはどうするか……それこそ、フレドリク兄上と敵対するしかなくなるんです」

そうなれば、ロビンは第二皇子のオスカルと手を組むことになるだろう。

その時は、自分を裏切ったフレドリクやアリシア皇妃に敵愾心《てきがいしん》をむき出しにしてくるだろうね。

ロビンは、自分をこれ以上ないほど傷つけた二人を、絶対に許さないはずだ。

「……ですが殿下、そう上手くいくでしょうか。フレドリク殿下からすれば、第四皇子であるルドルフ殿下と手を結ぶより、ロビン殿下を従えたほうがメリットも多いと考えると思いますが。何より、アリシア皇妃がそれを認めるとも思えません」

リズベットの懸念もよく分かる。

確かに僕だと醜聞がつきまとい、少なからずフレドリク陣営にとって悪影響が出るとは思う。

ひょっとしたら、一部の貴族が離反することだって考えられるだろう。

アリシア皇妃だって、憎きベアトリスの息子と手を組むなんて、髪の毛を掻《か》きむしりたくなるほどおぞましいと思うに違いない。

でも……僕だって勝算がないわけじゃない。

「フレドリク兄上は、僕と手を結びたいと考えているはずですよ……いえ、少し違いますね。僕の後ろにいる、ファールクランツ閣下と手を結びたいはずですから」

「私の父と手を結ぶために、そこまでなさるでしょうか？　何より、ルドルフ殿下と手を結んでまで父を引き入れたいのでしたら、父にもっと積極的に働きかけを行っていると思いますが」

リズベットはマーヤが淹《い》れ直した紅茶を口に含み、淡い青色の瞳で僕を見つめた。

「それは、ファールクランツ閣下から袖にされ続けてきたからこそ、フレドリク兄上も諦めていたのでしょう。ですが、僕の後ろ盾となったことで陣営に引き入れられる可能性が出てきた。なら、それを見逃すはずがありません」

「……どうしてそこまでして、フレドリク殿下は私の父を陣営に加えたいのですか？」

「フレドリク兄上には、軍事力がないからです」

このことは、『ヴィルヘルム戦記』にもはっきりと記されていた。

ファールクランツ侯爵には劣るものの、武門出身の貴族を多く抱えるオスカルに対し、フレドリクの陣営は外交や内政に秀で、資金力のある貴族がほとんど。

もちろん、中央における政治面では圧倒的にフレドリク有利だが、有事の際にはオスカルの発言力が増してしまう。

特に、東の強国であるルージア皇国への防波堤として存在するスヴァリエ公爵と、西のノルディア王国への備えとなっているアンデション辺境伯を除き、南北の辺境伯と軍事力を持つ貴族の多くはオスカルに与しており、いざとなれば挟み撃ちにするように中央に対して軍事行動に出ることも可能になる。

つまり、フレドリクが盤石の体制を敷くためには、最強の軍事力を誇る〝黒曜の戦鬼〟が必要不可欠なんだ。

「……だから、僕という存在を差し引いても、フレドリク兄上はファールクランツ閣下が是が非でも欲しいはずなんです」

「なるほど……」

僕の説明に納得したのか、リズベットは口元に手を当てながら数回頷《うなず》いた。

「それにしても、ルドルフ殿下の慧眼には、本当に驚かされました。フレドリク殿下とオスカル殿下の陣営の状況を正確に把握して分析し、次の……いえ、さらにその先までお考えだなんて……」

「あ、あはは……」

手放しで褒めるリズベットと、どこか訝《いぶか》しげに見つめるマーヤに、僕は頭を掻いて苦笑する。

まさか歴史を知っているから把握しているなんて、到底話すことはできないからね。

「いずれにせよ、フレドリク兄上から接触してこない限り僕から動くことはないですし、とりあえず待ちましょう」

「ふふ……はい」

僕とリズベットは互いに微笑むと、そういった生々しい話はやめにして、お茶と会話を楽しんだ。

リズベットとここ天蝎宮で一緒に暮らすようになってから、一週間が過ぎた。

僕が今日も彼女と一緒に、朝食を楽しんでいると。

「ルドルフ殿下。お館《やかた》様……ファールクランツ閣下が皇宮へお越しになられ、殿下への面会を求めておられます」

「え？　閣下が？」

え、ええー……僕に会いたいって、どういうことだろう。

しかも、娘のリズベットを差し置いて。

「マーヤ、もちろん私も同席いたします。よろしいですね？」

「は、はあ……一応、お館様に確認してまいります」

マーヤは困った表情を浮かべ、この場から離れた。

「ご心配いりません、ルドルフ殿下。もし父があの時のようなことをされるのであれば、この私が全力で阻止いたします」

アクアマリンの瞳を冷たく輝かせ、リズベットが頷く。

い、いやいや、僕の目の前で親子喧嘩をされても困るんだけど。

「……お館様は、リズベット様の同席をお認めになられました」

「そうですか。では、まいりましょう」

「は、はい……」

リズベットが差し出した手を取り、僕は重い足取りでファールクランツ侯爵の待つ応接室へと向かった。

――コン、コン。

「失礼いたします。ルドルフ殿下、並びにリズベット様をお連れいたしました」

マーヤに促され、僕とリズベットは手を繋《つな》いだまま応接室の中へと入る……んだけど、どうして侯爵は、僕にそんな視線を送ってくるんですかね？

なんというか、睨んでいるというより、その……戦闘狂《バトルマニア》のにおいがプンプンします。あはは……まさか、ねえ……。

「お父様。ルドルフ殿下はお忙しい身ですので、ご用件はこの私が承ります」

ファールクランツ侯爵が何かを言う前に、リズベットがずい、と身を乗り出して牽制《けんせい》する。

実の娘である彼女がこんな対応を見せたってことは、ひょっとしたら悪い予感が的中したのかもしれない。どうしよう。

「リズベット。同席は認めたが、お前の発言を許可してはいない」

「いいえ、私はルドルフ殿下の婚約者。殿下にとって不利益となるようなことであれば、それを未然に防ぐことこそが私の役目です。たとえお父様でも、引き下がるわけにはまいりません」

リズベットは絶対零度の視線を実の父親に向け、互いに睨み合う。

僕のせいで親子が仲違《なかたが》いするのは、やめてもらいたいんだけど。

「え、ええと……それでファールクランツ閣下は、僕にどのようなご用件でしょうか……？」

このままでは話が進まない上に、リズベットとファールクランツ侯爵が仲違いしてしまうと感じた僕は、おずおずと彼に尋ねた。

やっぱり二人には、両親の愛情なんて一切期待できない僕なんかと違って、いつまでも仲良くしてもらいたいから。

「これは失礼しました。用件というのはほかでもなく、これから殿下が帝立学園に入学されるまでの一年間、このドグラス＝ファールクランツに剣の手ほどきをさせていただきたいのです」

「えええええええ!?」

ファールクランツ侯爵の申し出に、僕は思わず声を上げた。

い、いや、侯爵といえば〝黒曜の戦鬼〟と呼ばれる帝国最強の武人。そんな人物が、わざわざ僕なんかに剣を教えるだって!?

「そ、そんな！　先日の手合わせでご存じだと思いますが、恥ずかしながら僕は強くありません！　おそらくは、閣下を失望させる結果になってしまうと思いますが……」

「私が失望するかどうかは、殿下が強くなられることに関係ありません。それに、まずは始めてみなければ、リズベットを守る強さは手に入りませんぞ」

「っ！」

……チクショウ、侯爵も煽《あお》るのが上手いなあ。

そんなことを言われたら、僕はやるしかないじゃないか。

「……分かりました。どうぞよろしくお願いします」

「ルドルフ殿下……よろしいのですか？」

リズベットは、心配そうに僕の顔を覗き込む。

この前のことがあるから、余計に僕を気遣ってくれているのだろう。

でも……だからこそ僕は、ここで変に引き下がったり、遠慮してはいけないんだ。

そうじゃなきゃ、僕のリズベットを守りたいという思いが、嘘になってしまうから。

「はい。僕は強くなりたいんです。あなたを守れるほどに」

「…………」

僕はニコリ、と微笑み、強く頷く。

だけど、リズベットは逆に表情を曇らせ、目を伏せてしまった。ちょっと予想外の反応だったけど、おそらく、僕がつらい思いをすると思っているんだろう。

「では、早速まいりましょう」

「はい！」

僕はファールクランツ侯爵と共に、天蝎宮の中庭へと移動する。

この宮殿には、残念ながら訓練場がないからね。すぐにでも、訓練場の整備をすることにしよう。

「では、まずは素振りから」

そして、ファールクランツ侯爵の指導のもと、僕は剣の訓練を開始した。

素振り、剣の型、侯爵との手合わせ。

身体を酷使することで、全身が悲鳴を上げる。

でも、この一つ一つが強さに繋がっていると思えば、苦じゃなかった。

それに。

「ルドルフ殿下、頑張ってください！」

リズベットが、ずっと僕を見守り、応援してくれている。

それだけで、僕はいくらでも頑張れるんだ。

「あぐっ⁉」

「……今日はここまでといたしましょう」

右肩に強烈な一撃を食らい、ファールクランツ侯爵は訓練終了を告げた。

僕は地面に倒れ込むが、無理やり身体を起こすと。

「ハア……ハア……あ、ありがとうございました！」

侯爵に、深々とお辞儀をした。

すると。

「ルドルフ殿下、よく頑張りましたな」

僕の頭を撫《な》でる、ファールクランツ侯爵。

その手は大きくて、ごつごつしていて、ちょっと乱暴で、でも……温かくて。

「う……ううう……っ」

思わず僕は、涙を零《こぼ》して嗚咽《おえつ》を漏らしてしまった。

「っ⁉　ルドルフ殿下、どこか痛むのですか⁉」

そんな僕の様子を見て、リズベットが慌てて駆け寄ってきた。

「お父様！　やはりやりすぎです！　今日は初日なのですよ！」

「う、うむ……」

リズベットに睨みつけられ、侯爵が思わず唸る。

「グス……リズベット殿……違うんです……僕は、嬉しいんです」

「嬉しい……ですか……？」

そうだ。僕は嬉しいんだ。

生まれて初めて僕を労《ねぎら》ってくれた、その大きな手が。


ファールクランツ侯爵から剣の指導を受けるようになってから、およそ半年。

ようやく僕も剣の扱いに慣れてきて、今では素振りをしても筋肉痛にならなくなった。

それに、身体もどこか締まったようになって、腹筋だって六つに綺麗に割れている。

とはいえ。

「よし、ここまで」

「あ、ありがとうございました……」

侯爵の訓練は日に日に厳しくなり、相変わらず僕は終了の合図と同時に地面に突っ伏してしまうことには変わりないんだけどね。

「ルドルフ殿下、お疲れさまでした」

「あ、あはは……ありがとうリズベット殿」

差し出してくれた、レモンを漬けた蜂蜜を水で割った飲み物を、僕は一気に飲み干す。

ふう……身体に沁《し》みわたるよ……。

「そ、それにしても、今さらですが毎日僕の訓練に付き合ってくださって、その……お仕事などは大丈夫なのですか……？」

「クク……気になされることはありません。これは、私が好きでしていることですからな」

ファールクランツ侯爵は、くつくつと笑った。

侯爵も笑うのが下手くそというか、不器用というか……絶対に勘違いされるよね。知らない人が見たら、悪だくみをしているようにしか見えないと思う。

「そうです。お父様は好きでなさっているのですから、むしろお母様や部下の方々に叱《しか》られればいいのです」

「む……」

そんな侯爵に、リズベットは辛辣《しんらつ》な言葉をぶつけた。

彼女もまた、普段は冷たい印象を与える……というか、冷たい印象しか与えないから、皇宮で働く使用人達からも、盛大に勘違いされていたりする。

彼女はただ不器用なだけで、本当はすごく優しいんだけどね。

まあ、僕も『ヴィルヘルム戦記』でのリズベットのイメージがあったから、最初はものすごく怖かったけど。

このことは、絶対に彼女には言わないでおこう。

「では、私はこれで失礼しますが……」

「は、はい。日課の素振り一千回は、必ずこなしますので」

「よろしい」

ファールクランツ侯爵は満足げに頷き、訓練場を後にした。

「ハア……殿下を指導してくださるのはいいのですが……」

訓練場の出入口を見つめ、リズベットは溜息を吐く。

リズベット的には、侯爵に干渉されているような気がして嫌なのだろう。

「仕方ありません。お館様は、ルドルフ殿下にご執心ですからね」

「あ……そ、そっか……そうなんだ……」

マーヤの言葉が嬉しくて、僕は思わず口元を緩めた。


「それにしても、あちらから一向に連絡がありませんね……」

リズベットと庭園でお茶をしている中、彼女が視線を落としてポツリ、と呟いた。

彼女の言う『あちら』というのは、もちろんフレドリクのことだ。

もう僕達の婚約から半年以上も経《た》っているというのに、フレドリク陣営からの音沙汰はなく、僕達はずっと待ちぼうけを食らっている。

とはいえ、こちらからフレドリクに接触することは避けたい。

そんなことをすれば逆に警戒されるだろうし、交渉するにしても絶対に足元を見られる。

ここは、先に動いたほうが負けなのだ。

「……フレドリク殿下の陣営が動いてくだされば、この手紙を受け取ることもなくなると思うのですが……」

リズベットは眉根を寄せ、一通の手紙をひらひらさせる。

その封には、皇族の証《あかし》である双頭の鷲《わし》の印章があった。

「いまだに三日に一回は、リズベット様に届けてきますからね。こんなにマメなのであれば、ご自身の婚約者にお送りすればいいですのに」

「重ね重ね、身内が申し訳ありません……」

マーヤの皮肉に、僕はリズベットに向かって平身低頭した。

実はロビンの奴、リズベットに本気で懸想してしまったみたいで、こうやって手紙を送りつけてくるのだ。

手紙をリズベットに見せてもらったことがあるけど、あの傲慢で器の小さなロビンとは思えないような美辞麗句が並べ立てられていて、僕も乾いた笑みを浮かべるしかなかったよ。

しかも、第三皇子の手紙だから無視することもできず、リズベットはいつも渋々ながら返事を書いている。

とはいえ、書いてあるのは『ルドルフ殿下の婚約者の身ですので、お手紙は丁重にお断りします』の一文だけだけど。

それでも諦めずにこうして欠かさず送ってくるんだから、ある意味感心してしまう。いや、気持ち悪いけどね。

「……マーヤ、あなたが返事を書いてくれないかしら」

「嫌です。お断りです。むしろ満面の笑みで待ち構えているロビン殿下に手紙を届ける私は、すごく頑張っていると思います」

「ああー……」

いや、本当に申し訳ない。

押し付け合いをする二人を見つめ、僕は心の中で何度も謝罪した。僕のせいじゃないけど。


「リズベット……どうして俺のことを受け入れてくれないんだ……」

……夜になり、日課の素振りをしに訓練場へ向かう途中で、よりによって思い詰めて独り言を言うロビンに出くわしてしまったんだけど。

というかコイツ、こんな時間になんで天蝎宮にいるんだよ。自分の宮殿に帰れ。

気づかれるとそれはそれで面倒なので、来た道を戻って迂回《うかい》しようとすると。

「あれ？　ルドルフ殿下、今日の素振りはもう終わりですか？」

「っ!?」

ああああ！　なんでこのタイミングでマーヤが現れるんだよ！

しかも、そんな大きな声を出したら、ロビンに気づかれる……って。

「フ、フン！　〝穢れた豚〟が、こんな時間にうろついているとは余裕だな！」

その台詞、そっくりそのままお前に返したいんだけど。

だけど、マーヤはロビンを見て驚いた様子もないので、声をかけたのはわざとだな？　本当に、僕の専属侍女は最悪だよ。

「ハア……まあ……」

僕は溜息を吐きつつ、気の抜けた返事をしてその場をやり過ごそうとするが、しっかりと腕を握られてしまった。

どうやらコイツ、僕を逃してはくれないらしい。

「……ロビン兄上、この手を放してはくださいませんか？　僕はこれから、訓練場に行かなければなりませんので」

「ほう……？　婚約者であるリズベットを置いて、か？」

ロビンは、まるで小馬鹿にするような笑みを浮かべ、僕を見る。

コイツがこんな表情をしているのはいつものことなんだけど、僕は少し違和感を覚えた。

何よりこの半年の間、ロビンは一度だって天蝎宮に姿を見せることはなかった。

それが、今日に限ってどうして……。

「フン。まあ、豚が傍にいてもリズベットにとっては迷惑なだけだからな。ある意味殊勝な心掛けともいえる」

「……それはどうも」

もう会話することすら面倒になった僕は、明後日《あさって》の方向を見ながら適当に相槌《あいづち》を打つ。

いい加減、僕を解放してほしいなあ……。

「ハハハ。今後も、リズベットに近づくのはやめるのだな」

「「…………………………」」

ようやく僕の腕を放し、なぜかロビンは上機嫌でこの場を去っていった。

「……ねえ、マーヤ。僕はこれから、ロビンの後をつけようと思うんだけど」

「気が合いますね。私もそうしようと思っていました」

僕とマーヤは頷き合い、気づかれないようにロビンの後を追う。

そして。

「いくらロビンのことを兄とも思っていないとはいえ、これはあまりにも情けなさすぎる……」

恥ずかしげもなくリズベットの部屋……ではなく、使われていない部屋の扉の鍵を必死に開けようとしているロビンの姿に、僕は耐え切れなくなって両手で顔を覆った。

「さすがにこんなことはしないだろうと思いつつも、念のために偽の情報を流したことが、ここまで効果を発揮するとは思いもよりませんでした」

ロビンを見つめるマーヤの表情も瞳も、まさに虚無と化している。

いや、まさか弟の婚約者の部屋に夜這《よば》いをかけるだなんて、誰が想像するだろうか。

しかもリズベットは十四歳で、まだ成人もしていないんだよ？　いくらなんでもこれはない。

「ねえ、どうしたらいいと思う？」

「とりあえずは様子を見守って……って」

「……ロビン殿下がもし扉の鍵を開けることができた場合は、そのままあの部屋に閉じ込めてしまいましょう」

「「リズベット殿（様）!?」」

廊下の陰でマーヤと相談していたところに、いつの間にか背後にいたリズベットが、そんな提案をしてきた。

というか、彼女のこれほどまでに凍《い》てつくような表情を、僕は見たことがない。

「ふふ……早く鍵を開けてくださらないかしら。そうすれば、明日の朝はとても面白いものが見られますのに」

「ヒイイ」

クスクスと嗤うリズベットに、僕は思わず戦慄した。

彼女がすごく愛情に溢れた女性《ひと》だということを知ってはいるけど、『ヴィルヘルム戦記』では僕を暗殺することも事実。

彼女の苛烈な性格の片鱗《へんりん》を垣間見て、さっきから震えが止まらないんだけど。

「あ、無事開けることができたみたいです」

「マーヤ、今すぐ扉の鍵を閉め、明日の朝まで開けられないようにしなさい」

「お任せください」

リズベットの指示を受けたマーヤは、喜び勇んで部屋の中へ突撃していったロビンを見届けると、すぐに扉を閉めて中から開けることができないように固定してしまった。

――ドンドンドン！

「っ!?　誰か！　ここを開けろ！」

あ、あはは……ロビンの奴、大声で叫んで扉を叩《たた》きまくっているよ。

そんなことをしたら、逆に他の使用人が気づいて醜態を晒すのが早まるだけなのに。

「マーヤ。明日の朝まで、絶対に他の使用人達を近づけさせてはなりませんよ？」

「もちろんです。こんな楽しい……コホン、こんな不祥事、見過ごすわけにはまいりません」

ニタア、と口の端を吊《つ》り上げるリズベットとマーヤ。

この居たたまれない思いをなんとかしたくて、僕は肩を落として訓練場へ向かい、一心不乱に素振りをするのだった。


「これは、どういうことでしょうか」

次の日の朝、リズベットは白々《しらじら》しくも扉を見つめて呟く。

もちろん、ロビンが閉じ込められている部屋の前で、だ。

で、部屋の中からは。

「クソッ！　誰かいないのか！　この俺はバルディック帝国の第三皇子、ロビン＝フェルスト＝バルディックなのだぞ！」

とまあ、恥ずかしげもなく名を名乗って醜態を晒しております。

「それで……このことは、皇帝陛下にもお伝えしたのか？」

「「「「…………………………」」」」

ロビンの従者や、金牛宮の使用人達が無言でうつむく。

どうやら、まだ伝えてはいないみたいだ。

「いいか。僕は別にみんなに罪を着せているわけじゃない。そもそも、これはロビン兄上が勝手にしたことで、決してみんなのせいではないことは、この僕が皇帝陛下にも進言しておく」

「「「「っ！」」」」

僕の言葉に、従者や使用人達は安堵《あんど》の表情を浮かべた。

そりゃあ、馬鹿な主人のせいで自分や実家が処罰されたら、たまったものじゃないからね。

「そういうことだから、早く皇帝陛下達にお伝え……って、さすがに金牛宮の者が行ったら、その場でお怒りになってしまうか。マーヤ、悪いが頼めるかな？」

「かしこまりました」

マーヤは恭しく一礼した後、それはもういい笑顔で皇帝のいる黄道宮へと向かおうとした。

その時。

「ルドルフ殿下、ごきげんよう」

「っ!?」

現れたのは、四人の侍女を連れて扇で口元を隠す、一人の豪奢《ごうしゃ》な女性。

もちろん僕は、この女性を知っている。

フレドリクとロビンの母親で、バルディック帝国の第一皇妃――アリシア＝フェルスト＝バルディック。

「これは……アリシア妃殿下。このようなところに、どうなさいましたか？」

僕は傅き、用件を尋ねる。

といっても、自分の息子であるロビンが閉じ込められていることを、天蝎宮にいる間者から聞いてやって来たのだろうけど。

一応、マーヤが間者である使用人達についてはほとんど排除したものの、一部だけはわざと残しているからね。

「朝から天蝎宮が騒がしいと聞いて来てみれば……これは、何があったのですか？」

白々しくも、アリシア皇妃は微笑みさえ浮かべて扉を見つめた。

今も騒いでいる、実の息子の声を無視して。

「いやあ……困ったことに昨夜、この天蝎宮にネズミが忍び込んだみたいでして。しかも、自ら入った部屋から、出られなくなってしまったようで」

「ウフフ……間抜けなネズミもいたものね」

僕が肩を竦《すく》めておどけてみせると、合わせるようにアリシア皇妃もクスクスと笑う。

なんというかこのやり取り、プレッシャーで胃がキリキリと痛むんだけど。

「ところでルドルフ殿下、そのネズミ……私に譲ってくださらない？　ちょうど、私の管理する巨《きょ》蟹宮《かいきゅう》にペットを飼いたいと思っていたのよ」

……やはりアリシア皇妃の目的は、ロビンの保護だったか。

まあ、それ以外に天蝎宮に来る用事なんてないよね。

アリシア皇妃だって、ベアトリスの息子である僕なんかと、会いたくもないはずだし。

でも……僕だって、易々《やすやす》とロビンを解放するつもりはないよ。

「それは困りました。このままネズミを捨て置いては、天蝎宮の管理を任されている僕の管理不行き届きとなってしまいます。それでは、皇帝陛下に申し開きができません」

「そうかしら。第一皇妃であるこの私が、直々にネズミを管理してあげますと言っているのよ？それなら、陛下だってきっと分かってくださるわ」

よく言うよ。ロビンを受け渡したら最後、この件をなかったことにするくせに。

最悪、ロビンの従者や金牛宮の使用人達だって、口封じのためにどうなるか分かったものじゃない。

事実、ここにいる従者や使用人達は、怯《おび》えた目で僕とアリシア皇妃の様子を窺《うかが》っているし。

いずれにせよ、これは僕にとっても絶好の機会。

ここでアリシア皇妃に恩を売ることで、今後がやりやすくなるからね。ついでに従者や使用人達にも恩を売ってやるか。

「……ではこうしましょう。アリシア妃殿下に三つのお願いをお聞きいただけるのであれば、お引き渡しいたします」

「三つ……それは少し、傲慢ではなくて？」

「いえいえ。僕は自分の立場を危うくしてまで、アリシア妃殿下のご希望に沿おうというのです。これはかなり破格ですよ」

「……………………」

微笑みこそ崩さないけど、アリシア皇妃の視線は鋭さを増す。

僕のような〝穢れた豚〟に下手《したて》に出ないといけないのだから、心中穏やかではないだろう。

「……それで、ルドルフ殿下のおっしゃる三つのお願いというのは？」

「はい。まず一つ目は、ネズミが今後天蝎宮に現れないよう、皇宮の外で飼っていただくこと。そうですね……帝立学園なんか、飼育に向いていると思います。あ、もちろん飼育員付きで」

大体、フレドリクとオスカルは学園寮に入っているというのに、ロビンだけ皇族特権を活かして皇宮から通っていること自体、おかしいんだよ。

最初から大人しく学園寮に入っておけよと言いたい。

まあロビンからしたら、帝立学園にいる他の子息令嬢から優秀な二人の兄と比較されているわけだから、せめて皇宮で僕をいじめて精神のバランスを保ちたいって考える気持ちも分からなく……いや、分からないよ。

「一つ目については分かったわ。確かにあなたの言うとおり、それに越したことはないわね」

アリシア皇妃が納得の表情で頷く。

どうやら彼女自身も、ロビンを学園寮に入れることに賛成みたいだ。

「二つ目ですが、僕としてもこんな間抜けなネズミに侵入されるなど、恥もいいところです。できれば、このことはアリシア妃殿下の胸の内に留《とど》めていただき、全てなかったことにしたいのですが」

「あら、よろしいので？」

「もちろんです。ただ、なかったことにするということは、昨日までの日常と何一つ変わらないようにするということ。ですので、たまたまここにいる金牛宮の者達も、同様にいつもどおりにしていただくということです」

「「「「っ！」」」」

その言葉を聞いた瞬間、従者や使用人達が胸を撫で下ろし、顔を綻《ほころ》ばせた。

つまりは、彼等の処遇をこれまでどおりにするよう保障するということだからね。

「ウフフ……少し意外だったけど、ルドルフ殿下の二つ目のお願いも承知したわ」

アリシア皇妃が柔らかい笑みを浮かべ、従者や使用人達を見つめる。

彼女からすれば、自分で何もしなくてもなかったことにでき、しかも使用人達に手を下す必要もなくなったことで無用な軋轢《あつれき》を生まずに済んだんだ。二つ返事で受け入れるよね。

「そうすると、残る一つのお願いは何なのかしら。できれば、先の二つのお願いのように、お互いにとって良いものであればいいのだけど」

ここまでくれば、三つ目も悪い条件ではないと考えているのだろう。アリシア皇妃は、先ほどまでの鋭い視線とは打って変わり、興味深そうに僕を見ている。

ええ、ご想像のとおり、そんなに悪い話ではないと思いますよ？

ただし……せっかく救った息子に、裏切られることになるかもしれませんが。

「では、三つ目のお願いです。妃殿下もご存じのように、僕はこの皇宮で幾分肩身の狭い思いをしております」

「…………」

その元凶の一人としては、なかなか耳が痛い話なのだろう。アリシア皇妃が、眉根を寄せる。

「もちろん僕は、僕自身のことを理解しています。所詮《しょせん》、皇帝陛下の愛人でしかない母が、まるで宝石をねだる感覚で、婚外子でしかないこの僕の皇位継承権を求めてしまったが故に、疎まれていることを」

そう告げると、いつの間にか僕の後ろに来ていたリズベットが、顔を伏せて僕の上着の裾をつまんでいた。

とても、悲しそうな表情で。

心配しないで、リズベット。

別にこれは、自分を卑下しているわけじゃないんだ。

何より、僕にはかけがえのない君がいるのだから。

「……結局、ルドルフ殿下は何が言いたいのかしら」

「少し回りくどかったですね。要は、僕は分を弁えていると言いたいのです。僕自身、皇位継承には興味がありませんし、なれるとも思っていません。ただ、静かに余生を過ごしたいのです」

十四歳の台詞とは思えないほど枯れているけど、これが本心なのだからしょうがない。

僕は、リズベットと穏やかに過ごせれば、それでいいのだから。

「ですが、僕は彼女……リズベット殿と婚約をしたことで、図らずもファールクランツ閣下の後押しを受けることとなりました。これを機に、疎遠だった兄弟同士で親交を深めるのもよいかと考えています」

ここまで言えば、頭の切れるアリシア皇妃なら気づくだろう。

僕が、ロビン……ではなく、第一皇子のフレドリクと手を結びたいと考えていることを。

そうなると、ファールクランツ侯爵を後ろ盾に持つ僕は、彼女の瞳には魅力的に映り始めたに違いない。

何せ、フレドリクが唯一持ち合わせていない、軍事力を手に入れることに繋がるのだから。

「……ウフフ、まさかネズミを一匹手に入れようとしただけで、ルドルフ殿下にこんなにも大きな借りを作ることになるとは、思いもよらなかったわ」

アリシア皇妃が扇で口元を隠し、笑いを堪えている。

「それで……いかがでしょうか？」

「殿下のお願い、全て受け入れさせてもらうわ。特にあの子も、あなたのことをずっと気にかけていたもの」

「……そうですか」

よく言うよ。フレドリクが僕のことなんて、歯牙にもかけているものか。

物事を全て合理的に考え、自分にとって有益かどうかのみで動く、あのフレドリクが。

「あとは、アリシア妃殿下にお任せしてもよろしいでしょうか？」

「ええ、もちろんよ」

「ありがとうございます。では、僕はこれで失礼いたします」

僕は胸に手を当てて一礼すると、リズベットの手を取ってこの場から立ち去ろうと……。

「ルドルフ殿下、一ついいかしら」

「……何でしょうか？」

「あなたは母親……ベアトリスのこと、どう思っているの……？」

はは……僕が母を……あの女を、どう思っているかって？

そんなの、決まっている。

「何も……何も、思っておりません。あの人はあの人、僕は僕です」

「そう……」

アリシア皇妃は、少し寂しそうな表情を浮かべて目を伏せる。

僕は、今度こそこの場を後にした。


「ふう……」

ロビンをアリシア皇妃に差し出し、部屋へ戻ってきた僕は深い息を吐いた。

まさか皇妃が出張ってくるとは思わなかったけど、貸しも作れたし、結果的によかった……って。

「リ、リズベット殿……？」

「ルドルフ殿下は、無理をしすぎです」

リズベットが、いきなり僕の頭を抱きしめる。

でも、『無理をしすぎ』って、どういうことだろう……。

「あなた様には、私が……このリズベットがおります。あなた様は一人じゃない。一人じゃないんです……っ」

「あ……」

そうか……先ほどのアリシア皇妃とのやり取りを、彼女は気にして……。

彼女を知れば知るほど、〝氷の令嬢〟から程遠くなるね。

本当のリズベットは、こんなにも温かいのだから。

「……大丈夫ですよ。僕は無理もしておりませんし、もちろん悲しんだりもしていません」

生憎、僕は前世の記憶を取り戻したことによって、人格も前世に引きずられている。

そのおかげ……といったらなんだけど、ベアトリスに対して、特別な感情を抱いてはいない。

もちろん、前世の記憶を取り戻す前の、ルドルフ＝フェルスト＝バルディックとしての記憶は全て持ち合わせているし、想いだって抱えている。

だけど……結局、僕にとって大切なものは、あの日の思い出だけだったってことだ。

そうじゃなきゃ……絶対に叶わないものなんかに期待し続けていたら、待っているのは絶望しかないのだから。

おそらく『ヴィルヘルム戦記』のルドルフは、その絶望を味わったからこそ暴君になってしまったのだと思うから。

「君が言ってくださったように、僕には君がいます。リズベット殿がいるんです。君さえいれば、僕は悲しくなどありません」

そう言って、僕は精一杯の笑顔を見せた。

リズベットに、『心配いらないよ』って伝えるために。

「本当に……あなた様は……っ」

「えへへ……っ」

僕は、僕の代わりに涙を零してくれるリズベットの背中を、泣き止《や》むまで優しく撫で続けた。

「……それは災難でしたな」

僕の全力の剣撃を受け止め、ファールクランツ侯爵は涼しい表情で呟いた。

いや、僕だって半年やそこらで侯爵に一矢報いることができるなんて思っちゃいないけど、ここまで圧倒的実力差があると、何気に凹《へこ》むんだけど。

「っ！　はい！　ですが、アリシア妃殿下は僕の願いを聞き届け、早速ロビン兄上を学園寮に送り出したそうです……っ」

侯爵の鋭い袈裟《けさ》斬《ぎ》りをバックステップで躱《かわ》すと、僕は体勢を整える。

でも、今までなら僕もただ打たれるだけの案山子《かかし》だったから、成長は実感しているんだけどね
……っと！

とにかく、アリシア皇妃と話したのは今朝のことなのに、昼食前にはわめき散らすロビンを、まるで物でも扱うかのように強引に馬車に放り込んで皇宮から追い出したのに、さすがに僕も驚いたよ。

だけど、これでアイツがリズベットの周囲をうろつくこともなくなるし、ようやく彼女がこの皇宮で平和に過ごせるようになるから嬉しい。

「ふむ……私としては、少々甘いと思いますがな」

「っ!?　あ、あはは……」

いつもより強めに打ち込まれ、思わず乾いた笑みが零れる。

どうやら侯爵は、僕の対応に納得していないようだ。

「では、今日のところはここまでといたしましょう」

「え？　もう終わりですか？」

訓練がいつもより一時間以上も早く終わり、僕はついそんなことを言ってしまった。

いや、もちろん嬉しいんだけど。

「そうですな。訓練の残りはリズベットに頼んでおくので、まずは今後について話をするのが先かと」

「は、はい……」

侯爵の言う『今後』というのは、おそらく僕の立ち回り方についてだろう。

何せ僕は侯爵に確認もしないで、勝手にアリシア皇妃と交渉してしまったのだから。

うう……侯爵、絶対に怒っているよなあ……。

「ルドルフ殿下、お疲れさまでした。後で、一緒に訓練いたしましょうね」

「リズベット殿……ありがとうございます」

リズベットにハンカチで汗を拭ってもらい、僕は感謝の言葉を告げる。

こんなことをしてもらえるのも、婚約者の特権……ってわけじゃないか。

彼女は、僕だからしてくれるのだから。

「……早く行きますぞ」

「は、はい！」

「もう……」

ギロリ、と睨んでくる侯爵と、そんな彼に口を尖らせるリズベット。

間に挟まれる僕は、毎度のことながらいたたまれないんですけど。

義父上《ちちうえ》の機嫌を損ねるわけにもいかないので、僕はリズベットの手を取って慌てて侯爵の後に続いた。


というこ とで、僕とリズベット、ファールクランツ侯爵の三人で、庭園のテーブルを囲んでいる……んだけど。

「……………………」

「……………………」

「……………………」

……うん、気まずい。

でも、こんな空気になるのも当然だ。

だって、今回の件で僕はアリシア皇妃に対し、僕と手を組むことで帝国の武であるファールクランツ侯爵の協力を得られるといった趣旨を提案したけど、そもそも僕は侯爵にこの件についての了承を得ないで勝手に行動してしまったのだから。

特に、ファールクランツ侯爵がどの皇子の派閥にも属さず、ずっと中立を保ってきたのは、帝国最強の軍事力を誇るファールクランツ家が誰かにつけば、微妙に保たれていた各皇子の陣営のバランスが、簡単に崩れてしまうからだ。

それを……僕は台無しにした。

「……お父様。ロビン殿下の件につきましては、アリシア妃殿下が足を運ばれた以上、引き渡さないという選択肢はありませんでした。むしろルドルフ殿下と私にとって、これ以上の条件は引き出せなかったと思います」

「お館様、リズベット様のおっしゃるとおりです。無条件でロビン殿下を引き渡せば、それこそ侮られ、リズベット様がより危険な目に遭う可能性もありました。逆に、こちらから譲歩を示さなければ、アリシア妃殿下とより確執が生まれたかと」

リズベットとマーヤが、今朝の状況を踏まえてフォローしてくれた。

というか二人とも、よく僕の思惑が分かったなあ……すごく嬉しいんだけど。

「そのようなことは、言われずとも分かっている。交渉材料としてルドルフ殿下が私の名を使われたことについても、別に構わん」

「であれば、どうしてお父様は先ほどから、そのような顔をなさっているのです」

腕組みしてジロリ、と睨む侯爵に対し、リズベットは逆に氷の視線を向ける。

この二人、本当はお互いに仲が良いくせに、不器用で頑固なところがあるから衝突することがよくあるんだよね……。

といっても、そのほとんどが僕のせいなので、申し訳なくて仕方がない。

一方で、マーヤはそんな二人のやり取りを面白がっている部分もあるみたい。この専属侍女、本当にどうかと思う。

「……時に殿下は、皇太子の座に……皇帝の玉座には興味がないとか」

あれ？　僕はそのことを侯爵に話したことはないはずだし、知っているのはリズベットとマーヤだけなんだけど……。

不思議に思い、二人を見やると……あ、目を逸らされた。どうやらそういうことらしい。

まあ、侯爵にはいずれ説明する必要もあったし、知っているなら話は早い。

「そのとおりです。僕は、皇帝の座に……いえ、皇族そのものに興味がありません」

侯爵のリズベットと同じ淡い青色の瞳を見据え、僕ははっきりと告げた。

ひょっとしたら侯爵は、僕の皇族の身分に何かしらの思惑があるのかもしれないけど、生憎その期待には応えられない。

僕は、皇族であるということしか、侯爵に見返りを用意することができないというのに。

「……申し訳、ございません」

膝に手をつき、僕は深々と頭を下げる。

すると。

「クク……それは重畳」

なぜか侯爵は、嬉しそうに笑った。

これは、どういうことだろうか。

僕は自分の唯一の価値すらも放り出したというのに、なぜファールクランツ侯爵は、僕が皇位継承に興味がないことを喜んでくれるのだろう。

「あ、あの……」

「ルドルフ殿下はご存じかどうか分かりませんが、我がファールクランツ家には、リズベットのほかに後継ぎがおりません。なので、殿下と婚約した時点で分家筋から養子を迎えることを視野に入れておったのです」

おずおずと声をかけると、ファールクランツ侯爵はお茶を口に含み僕の疑問に答える。

でも……そうか……。

侯爵は、僕を婿養子にしたいと考えてくれているんだ。

「それに、この半年の間、殿下は私の指導を受け、剣の鍛錬に全力で打ち込んでおられる。その成果もあって、リズベットほどではないにせよ、同年代の子息の中ではかなりの腕前であらせられます」

「え……？」

意外ともいえる侯爵の評価に、僕は戸惑ってしまった。

だって、先ほどの訓練でも侯爵に手も足も出なくて、しかも僕の前世は村人で、剣の才能なんてあるはずがないと思っていたから。

「ルドルフ殿下、お父様のおっしゃるとおりです。いずれ殿下は、お父様をも超える剣士になると、私は確信しております」

リズベットは胸に手を当て、アクアマリンの瞳で僕を見つめる。

あ、あはは……二人とも、僕のことを過大評価しすぎじゃないかな……っ。

「それに、あのアリシア妃殿下との交渉におかれましても、見事に立ち回っておられました。それはこのマーヤが、しかと見届けております」

「ええ、そのとおりです」

「クク……なら、申し分ないですな」

さらにはマーヤまでもが僕を褒めそやし、三人は微笑みを浮かべた。

……僕は、自分に価値がないことを知っている。

アリシア皇妃だって、僕の背後にファールクランツ侯爵がいるからこそ、交渉に乗ってくれただけなんだ。

なのに……なのに……っ。

「ルドルフ殿下……」

リズベットが、そんな僕の頰に零れた涙をハンカチで優しく拭ってくれた。

「あ、あはは……ありがとうございます……」

「いえ……ですが、私にとってあなた様は、世界中の誰よりも価値があることを……かけがえのない御方であることを、どうかそのお心に留め置きくださいませ」

「うん……」

そうだ……最初から、リズベットが僕を見てくれているんだ。

だから、僕が僕自身のことを否定しちゃいけないんだ。

僕のことを誰よりも信じてくれている、リズベットのために。

「……では、私はそろそろ行きますかな」

「あ……か、閣下、お構いもできず、申し訳ありませんでした」

席を立つファールクランツ侯爵に、僕も慌てて立ち上がり、深々と頭を下げた。

その時。

「殿下、頑張るのですぞ」

「あ……」

侯爵が、僕の頭を撫でてくれた。

大きくてごつごつした、僕の大好きな手で。


「二九六七……二九六八……」

月明かりに照らされる訓練場。

僕は一人、黙々と剣の素振りを行っていた。

ただしその回数は、ファールクランツ侯爵からの課題である一千回ではなく、三千回が目前となっている。

もちろん、いきなり今日から三倍にしたから、まるで初めて侯爵と一緒に訓練した半年前のように全身が悲鳴を上げていた。

でも……僕は、それさえも嬉しかった。

だって、それだけ僕が強くなれるということだから。

それだけ、僕はリズベットとマーヤ、そしてファールクランツ侯爵の期待に応えられるということとなのだから。

「えへへっ」

僕は思わず、初めてリズベットと出逢った時のように笑ってしまった。

侯爵のあの大きな手で撫でられた感触を、思い出して。

「二九九九……三千！」

ようやく三千回の素振りが終わり、僕は地面に突っ伏した。

いやあ……さすがにもう、力が入らないよ……って。

「あ……リズベット殿」

「ルドルフ殿下、お疲れさまでした」

部屋にいるはずのリズベットが僕の傍に来て、膝枕をして汗を拭ってくれた。

「こ、ここは地面だし、せっかくの服が汚れてしまいますよ」

「ご心配なく。服は着替えれば済む話ですし、この服も殿下を癒《いや》すことができて喜んでいると思います」

僕は慌て……ることもできないほど疲労が激しいため、弱々しい声で告げるも、リズベットは澄ました表情でそう答え、聞き入れるつもりはないみたいだ。

こうなると、彼女は絶対に聞き入れてくれないからなあ……。

そんなことを考えながら、クスリ、と笑ってしまった。

「もう……そうやって笑う殿下には、こうして差し上げます」

「っ!?　あはははは！　あ、お願いだからやめて……!?」

いきなり脇をくすぐられ、僕は悶絶《もんぜつ》しながらやめるよう懇願する。

お、お願い……身体がよじれて痛いんです……ぐふう。

「まいりましたか？」

「まいりました！　すみませんでした！」

「よろしい」

ようやくリズベットはくすぐるのをやめ、満足げに胸を張った。

「ハア……僕はリズベット殿のせいで、余計に疲れましたよ……なので、もう少しこうして休んでもよろしいですか？」

「それは仕方ありませんね」

「あははっ」

「ふふっ」

僕とリズベットは、お互いに吹き出してしまった。

はあ……リズベット、可愛いなあ……。

あの日の女の子とこうして再び出逢えてから、僕の毎日が幸せで満たされていく。

うん……やっぱり僕は、彼女が……リズベットが、世界中の誰よりも大好きだ…………っ
て、そ、そういえば!?

「キャッ!?　ど、どうかなさいましたか!?」

リズベットは、勢いよく身体を起こした僕に驚く。

でも、それに答える余裕もないほど、僕は狼狽《うろた》えていた。

そうだよ……僕は、大変なことに気づいてしまったよ。

こんなにも大好きなリズベットに、この想いを伝えていないことに。

「で、殿下……？」

心配そうに僕の顔を覗き込むリズベット。

そんな彼女に、僕は心配ないという思いを込めて微笑みを返しつつ、どうしようかと頭をフル回転させたのだった。

◆

「ふむ……どの程度強くなれば、リズベットに勝利できるか、ですか……」

「ハア……ハア……は、はい。せめて十回に一回は勝てるようになりたいのですが、どうでしょうか……って!?」

ファールクランツ侯爵の容赦ない一撃をなんとか躱しつつ、僕は尋ねた。

いくら昨日褒めてもらったからって、幼い頃から侯爵の手ほどきを受けてきた彼女にそう簡単に勝てるとは思わないけど、それでも僕は、知りたいんだ。

この想いとともに、『僕がずっと、君を守る』って、リズベットに伝えるために。

あはは……もちろん、完勝できるようになるまでには何年もかかる……いや、ひょっとしたら一生勝てないかもしれないけど、それでも、十回に一回なら可能性としてはなくはないかもだし。

「そうですな。十回に一回ともなれば、あと三年は必要かと」

「三年、ですか……」

その言葉に、僕はがっくりとうなだれる。

さすがに三年もの間リズベットを待ちぼうけにするなんて、絶対無理。

やっぱり、ちっぽけな見栄やプライドなんて捨てて、すぐにでも告白したほうが……。

「ですが」

「っ!?」

「今よりもさらに厳しい訓練を重ねれば、三か月でリズベットに百回に一回は勝てるようになるかと」

「あ……」

百回に一回、かあ……。

でも、逆に言えば百回戦えばどこかで一回はリズベットに勝てるんだ。

それなら。

「ファールクランツ閣下、どんなに厳しくても構いません。彼女に勝てるように、僕を鍛えてください」

「お任せくだされ。必ずや、殿下を強くしてみせます。ですが……クク、我が娘もそこまで想われて、果報者ですな」

「うぐ……っ」

くつくつと笑う侯爵に、僕は返す言葉がない。

事実、リズベットに告白するために強くなりたいだなんて、理由も理由だし。

だけど……リズベット、待っててね。

必ず三か月で強くなって、君に勝って、そして……この想いを、君に告げるから。

ファールクランツの胴払いをもろに食らって地面で悶絶する中、僕は強く誓った。

⚜偽書・ヴィルヘルム戦記 ――飛躍の章―― 出遭い

■リズベット＝ファールクランツ視点

「リズベット……今日もとても綺麗《きれい》だ」

ヴィルヘルム様と出逢《であ》ってから……いえ、再会してから一年が過ぎました。

今日も私は、彼からお褒めの言葉をいただきました。

私も、ヴィルヘルム様とお逢いするために色々と準備をしておりますので、そのようにおっしゃっていただいて、嬉《うれ》しくないはずがありません。

ただ……ヴィルヘルム様は今もなお、あの日のお守りについて、教えてはくださらないのです。

その疑惑の種が私の胸の中で少しずつ芽生え、マーヤもヴィルヘルム様に対してますます疑いの目を向ける始末。

マーヤは、あの日の男の子が別にいるのではと、出逢いの場所である皇宮に入って諜報《ちょうほう》活動をしております。

ヴィルヘルム様こそがそうなのだと確信の持てない私も、マーヤの報告を心待ちにしてしまっている……。

そのことを心苦しく思い、私は彼と顔を合わせることができず、最近では目を伏せがちになってしまいました。

「ところでリズベット、今度の皇帝陛下の誕生記念パーティーは、君も参加するのだろう？」

「あ……」

正直に言えば、ヴィルヘルム様という運命の御方が見つかった以上、皇宮に用はありません。

ですが、もし別の……本当のあの日の男の子が、いるのだとしたら。

「……はい。私も参加したいと思います」

「そうか。なら、当日はぜひこの俺に、君をエスコートさせてほしい」

「どうぞよろしくお願いします」

ヴィルヘルム様の申し出を受け入れ、私は深々とお辞儀をしました。

「あの……」

「さて……あまり長居をしても申し訳ない。俺はこれで失礼するよ」

「………………」

私がおずおずと声をかけた途端、ヴィルヘルム様が席を立ちます。

あの日渡したお守りのことを聞かれることを悟り、逃れるために。

……やはりヴィルヘルム様は、答えてはくださらないのですね。

私は溜息《ためいき》を吐《つ》いてかぶりを振り、ヴィルヘルム様をお見送りしました。

ああ……今日もまた、疑惑の芽が伸びてしまった。


「リズベット、迎えに来たよ」

「ありがとうございます……」

ヴィルヘルム様の手を取り、私は馬車へ乗り込む。

「今日のパーティーでは、今度こそ義父上《ちちうえ》……いや、ファールクランツ閣下にご挨拶できるといいのだが……」

「…………………」

実はこうして想いを通わせて以降、ヴィルヘルム様が私の家族とお会いしたことはありません。

元々、お父様はバルディック帝国の武を司《つかさど》っており、日々多忙を極めておりますので、仕方のないことではあります。

……いえ、そうではありませんね。

お父様もお母様も、ヴィルヘルム様と会おうとはなさらないのです。

不思議に思い、お母様にお尋ねしたことがありました。

すると。

『ファールクランツ家は、あの男を認めません』

ヴィルヘルム様を、明確に拒絶されました。

その理由を何度尋ねても、お母様は答えてはくれません。

ただ……お母様の強い瞳は、この私に対してもそうするよう訴えているようでした。

「リズベット、着いたようだ」

「はい」

皇宮の来賓用玄関に馬車が横づけされ、私達は会場となる黄道宮に向かいます。

「……私達が出逢った場所は、どちらの宮殿になるのでしょうか」

「それは……処女宮だな」

私の呟《つぶや》きを聞いたヴィルヘルム様は、少し考えるような様子を見せた後、お答えくださいました。

まだ小さかったことと、許可もなく皇宮の庭園に足を運ぶことなどできませんので、私は彼に教えていただくまで知りませんでした。

だからこそ……だからこそ、私の中で、疑いの芽がますます大きくなっていく。

「ん？　どうした？」

「…………………いえ」

どうして、あなた様はそんなにも覚えていらっしゃるのに、あの日お渡ししたお守りのことだけはご存じないのですか……？

あんなにも嬉しそうに……蕩《とろ》けるような、天使のような笑顔を見せてくださったというのに。

「さあ、中に入ろう」

「……………………」

会場となるホールはいつもどおりきらびやかで、たくさんの貴族達が談笑しておられます。

ですが、その貴族達が私達を見るなり、どこか驚いた表情を見せました。

……今まで一人でしかこのような場に参加したことがない〝氷の令嬢〟の私が、ヴィルヘルム様にエスコートされて入場したからでしょうね。

特に、歳の近い殿方の多くは、こちらを見て苦虫を噛《か》み潰《つぶ》したような顔をしておりますから。

その時。

――ガシャン！

「なんだこれは！　この僕を馬鹿にしているのか！」

「も、申し訳ございません！」

使用人に当たり散らす、一人の殿方の姿。

白銀の髪と、琥珀《こはく》色の瞳。
・・・
あの日に出逢った男の子と、同じ姿をした御方。

「……リズベット。アイツに関わってはいけない。こちらへ」

「あ……」

顔をしかめたヴィルヘルム様が、私の手を引いて怒鳴るあの御方から遠ざけようとします。

「そ、その……あの御方は、一体……」

「知らないのか？　あれが、皇帝陛下とその愛人であるベアトリスの息子……悪名高い、第四皇子のルドルフ殿下だ」

「ルドルフ、殿下……」

なぜなのか、理由は分からない。

だけど……だけど……。

私は、ルドルフ殿下の偽りの仮面の奥に潜む、悲しみに満ちた瞳から、目が離せませんでした。

第四章　強さを求めて

リズベットに告白すると誓ってから、およそ三か月。

今日も僕は、ファールクランツ侯爵の厳しい訓練を受ける。

「甘い！　それではリズ……コホン、敵に勝てはしませんぞ！」

「くっ！」

侯爵が放つ凄《すさ》まじい連撃を、僕は必死に避《よ》け、防御し、受け流す。

自分でも明らかに実感できるほど強くなったとはいえ、それでも侯爵には遠く及ばない。

もっと……もっと強くならないと……っ！

「やあっ！」

「むっ」

侯爵が不意に放った打ち下ろしの剣を躱《かわ》し、僕はその大きな懐に肉薄した。

「させるかっ！」

返す刀で、膂力《りょりょく》に任せて剣を振り上げるファールクランツ侯爵。

ここしかないと感じた僕は、咄嗟《とっさ》にその剣に飛び乗った。

「むうっ⁉」

「ここだあああああああああッッッ！」

侯爵の力を利用し、僕は彼を飛び越えて背後を取ると。

「……クク、私の負け、ですな」

なんと僕は、侯爵に勝ってしまった。

「これならば、以前私が申し上げたとおりの結果を手に入れることができるでしょう」

「あ……」

彼の表情や言葉などから察するに、侯爵はわざと負けてくれたみたいだ。

僕に、自信を与えるために。

「ありがとうございます！　閣下のお気遣いに応えられるよう、全力を尽くします！」

ファールクランツ侯爵に向け、深々とお辞儀をした。

「ルドルフ殿下！　素晴らしい立ち合いでした！」

「あのお館《やかた》様に勝つなんて、すごいですよ！」

「あ、あはは……」

リズベットとマーヤが駆け寄ってきて、手放しで褒めてくれた。

だ、だけど、単に侯爵が手加減して勝ちを譲ってくれただけなので、なんだかいたたまれないなあ……。

だけど……これで、準備は整った。

あとはリズベットとの戦いに勝利し、僕の想いを伝えるだけだ。

「リズベット殿。一週間後、毎年恒例となっております皇室主催の新年祝賀パーティーが開催されるのを、ご存じでしょうか？」

僕の言葉に、リズベットはすぐに顔を綻《ほころ》ばせた。

おそらく、僕からのパーティーのお誘いだと受け取ったのだろう。というか婚約者だし、一緒に参加しないという選択肢は最初からないんだけどね。

「もちろん、存じ上げております。ルドルフ殿下の婚約者として参加する、初めてのパーティーですもの。今から楽しみで、胸が躍っております」

「僕も楽しみです。それで……実はリズベット殿に、お願いしたいことがあります」

「お願い……ですか？」

「はい」

何かあるのだろうと悟ったリズベットは、姿勢を正して僕の次の言葉を待つ。

「パーティーが終わったら、この訓練場で、僕と手合わせせいただけませんでしょうか」

「っ!?」

そう告げた瞬間、リズベットが目を見開いた。

「……ルドルフ殿下。こう申し上げてはなんですが、あなた様と私では、力量差は歴然としております。手合わせをしても、結果は見えていると思いますが」

リズベットからの、明確な拒絶。

まさか、彼女がここまで僕との手合わせを嫌がるなんて思わなかった。

ファールクランツ侯爵との訓練では、ずっと応援して励ましてくれていたのに。

優しい彼女だから、僕を傷つけたくない、というのとも違うようだし……。

「僕がリズベット殿よりも実力が劣っていることは、百も承知です。でも……それでも、僕は君と戦いたいんだ」

僕だって、リズベットに告白するために……リズベットを守り抜く決意を知ってもらうために、これだけは譲れない。

「お父様、ルドルフ殿下におっしゃってください。『リズベットとの手合わせは、無謀だ』と」

リズベットが、ファールクランツ侯爵に僕を説得するよう求めた。

まるで、縋《すが》るように。

「……リズベット。ルドルフ殿下に敗れるのが怖いのか？」

「っ！　お父様、私の話を聞いておられなかったのですか！」

「聞いていたとも。だが、私にはお前が殿下を怖がっているようにしか見えない」

声を荒らげるリズベットに、ファールクランツ侯爵は辛辣《しんらつ》な言葉を投げる。

そうだ……確かにファールクランツ侯爵の言うように、これじゃ彼女が恐れているみたいじゃないか。

こんなにも強いリズベットが、どうして……。

「……分かりました」

「リズベット殿……？」

「この勝負、お受けいたします。そして……二度とこのようなことをおっしゃらないよう、完膚なきまでに叩《たた》き伏せてみせましょう」

そう言うと、リズベットは口の端を吊《つ》り上げて優雅にカーテシーをした。

彼女にしては珍しく、僕を煽《あお》るように。

「僕だって、ただ負けるつもりはありません。だから……よろしくお願いします」

僕は彼女に、右手を差し出す。

だけど。

「……申し訳ありません。体調がすぐれませんので、部屋で休ませていただきます」

「あ……」

それだけを告げると、リズベットは宮殿の中へ一人戻ってしまった。

「ハア……リズベット様ったら、拗《す》ねてしまわれましたね」

マーヤが頬《ほお》に手を当て、溜息《ためいき》を吐《つ》く。

やっぱり僕がこんなことを言い出したから、怒ったんだよね……。

でも、僕だって譲れないんだ。

「クク……ルドルフ殿下、これは意地でも勝つしかありませんな」

「はい」

僕の肩に手を置いたファールクランツ侯爵に、決意を込めて強く頷《うなず》いた。

◆

リズベットとの立ち合いに向け、僕はいつも以上に鍛錬を行う。

それこそ、寝食を忘れるほどに。

リズベットもリズベットで、僕の視界の端で槍《やり》を振るっていた。

ただし、想像していたような華やかさは微塵《みじん》もなく、ひたすら『突く』『打つ』『払う』の三つの動作を黙々と繰り返しているだけ。

愚直に、だけど、寸分違わない動きで。

それだけで、リズベットがいかに長い年月をかけて強さを手に入れたのかが分かる。

といっても、僕もファールクランツ侯爵から剣を教わっているからこそ、彼女のすごさに気づけたんだけど。

……本当に僕は、リズベットに勝てるだろうか。

「いや、そうじゃないだろ！」

僕は大きくかぶりを振り、両頬をパシン、と思いきり叩いて一心不乱に剣を振るう。

そうだ、今しなきゃいけないことは、リズベットのすごさを目の当たりにして弱気になることじゃない。

彼女に勝つために、全力を尽くすことだけだ……って。

「……剣の振りが遅い」

「リズベット、殿……？」

「身体の軸もぶれておりますし、動きも緩慢です。これでは話になりません」

「………………………」

リズベットからの、強烈な駄目出し。

僕も未熟なのは理解しているけど、彼女からここまで辛辣に言われることなんて今までなかった。

本当に、どうしてしまったんだろう。

「見ていてください」

「あっ」

木剣を奪うように取ると、リズベットは流れるように振るう。

その動きは洗練されており、僕なんかとは比べ物にならない。

「お分かりになりましたか？」

「え、えぇと……」

「……いえ、ルドルフ殿下では分からなくても仕方ありませんね。無理なことを申し上げてしまいました」

リズベットは頭を下げて謝罪し、僕に木剣を返した。

「ルドルフ殿下、もうお分かりでしょう？　私とあなた様とでは、実力が違いすぎることを」

「…………………………」

「なら、婚約者同士で手合わせをするなんて無駄なことはやめて、パーティーだけに集中いたしませんか？　楽しむこともそうですが、ルドルフ殿下が戦うべきは、他にいるのですから」

やっぱりおかしい。

これじゃまるで、僕から逃げようとしているみたいじゃないか。

「……いいえ、やめません」

「ルドルフ殿下」

「パーティーの日、僕は君と戦う。これだけは、絶対に譲れない」

「つ！　……そうですか」

険しい表情で詰め寄ろうとしたリズベットだったけど、思い留《とど》まって目を伏せた。

「ただ……これだけは分かってください。僕は、決してリズベット殿と喧嘩《けんか》をしたいわけじゃないんです」

「……失礼します」

リズベットは頭を下げると、訓練場を後にする。

いつも凛《りん》としている彼女の背中が、僕には小さく見えた。


「ルドルフ殿下。アリシア妃殿下の使いの者より、こちらの手紙を預かっております」

「アリシア妃殿下から？」

部屋に戻り、待っていたマーヤから手紙を受け取ると、僕は内容を確認する。

思ったとおり、例のロビンが夜這《よば》いした一件の時に交わした、三つのお願いの最後の一つについてだった。

「アリシア妃殿下は何と？」

「明日、フレドリク兄上が皇宮に帰ってくるとのことで、その時に顔合わせをしたいそうだ」

フレドリクは帝立学園の生徒であるため、今は学園寮で生活しているが、五日後に開催される新年祝賀パーティーへの出席は、皇族の責務でもある。

同じく帝立学園に在学しているオスカルと同様、この時ばかりは皇宮に帰ってくるので、この機会に僕をフレドリクの派閥に入れようということだろう。

アリシア皇妃としては、本当はもっと早くに派閥に引き入れたかったのだろうけど、僕の加入に反対する貴族達の調整に時間がかかったのだと思う。

「いかがなさいますか？」

「もちろん、会わないという選択肢はないよ。これは、僕達の未来に関わることだから」

「かしこまりました。先方には、その旨お伝えいたします」

「うん。頼んだよ」

マーヤは恭しく一礼し、部屋を出た。

「ふう……」

僕は大きく息を吐き、頭を抱える。

どうしてかって？　フレドリクやオスカルが新年祝賀パーティーに参加するために皇宮に帰ってくるのなら、あのロビンも同じく帰ってくるってことだよ。すっかり忘れてた……。

それに、おそらくはヴィルヘルムもパーティーに参加するだろうし、絶対に揉《も》め事《ごと》が起こる未来しか見えないんだけど。

「ハア……とにかく、ロビンもフレドリクと同じく明日には帰ってくるだろうから、リズベット殿やマーヤと一緒に対策を練るとしようか……」

僕は汗を拭いて服を着替え、マーヤの帰りを待つ。

すると。

――コン、コン。

「……ルドルフ殿下、いらっしゃいますでしょうか」

やって来たのは、リズベットだった。

だけど、その声がどことなく暗い。

「リズベット殿……どうかしたんですか？」

「はい……実は、あのロビン殿下の姿を見ました」

「ロビンが!?」

くそう……アイツ、一足早く皇宮に帰っていたか。

「そ、それで、何かされたりしたんですか？」

「いえ。咄嗟に身を隠しましたので、向こうは気づいていないと思います」

「そ、そうですか……」

僕はホッと胸を撫《な》で下ろすも、そもそもここは天蝎宮《てんかつきゅう》。本来、ロビンが立ち入ってくるところじゃない。

なら、ロビンの目的はリズベットに会いに来たということだ。

「とにかく、明日のアリシア妃殿下とフレドリクとの面談の際に、ロビンについてなんとかしてもらうように話をしましょう」

「ちょっとお待ちください。その……アリシア妃殿下とフレドリク殿下とお会いするというのは……」

「ああ、そうでしたね」

僕はリズベットに、アリシア妃殿下とフレドリクとの面談について打診があったことを説明した。

リズベットは、口元に手を当てて思案すると。

「ルドルフ殿下。その面談に、私も同席してよろしいでしょうか？」

「リズベット殿が？」

「はい」

ふむ……できればリズベットには、こういった皇室の裏側のどろどろした部分を見せたくはないし、それなりに嫌な思いもするだろうからお断りしたいんだけど、絶対に聞き入れてくれないだろうなあ。リズベット、頑固だし。

「……皇位継承争いのための面談ですし、それに、互いに利害関係があって手を結ぶものの、アリシア妃殿下やフレドリク兄上とはこれまでのしこりもあります。リズベット殿も、少なからず嫌な思いをするでしょう。それでも……よろしいのですか？」

「だからこそ、ご一緒したいのです」

うん、彼女ならそう言うと思ったよ。

何よりも、僕を守りたいと思ってくれるリズベットなら。

「分かりました。では、どうかよろしくお願いします」

「はい！」

手合わせの件で少しぎくしゃくしていたこともあり、僕が反対すると思っていたんだろう。リズベットは一瞬目を見開いた後、すぐに顔を綻ばせた。

まあ、僕も彼女がいてくれれば心強いというのもあるけど、それ以上に、リズベットの想いに報いてあげたいと思ったんだ。

だって……リズベットは、あの日の僕を守れなかった弱さを克服するために、強くあろうとしているのだから。

それに僕だって、誰よりも大切な彼女を守り抜きたいからこそ強くなりたいと思って、彼女を守れるんだって証明するために、リズベットとの勝負に挑むのだから……って。

「あ……」

ここで、ようやく僕は思い至る。

どうしてリズベットが、僕との勝負を拒んでいるのかを。

「えへへ……本当に、しょうがないなあ……」

僕はリズベットの気持ちが分かり、嬉《うれ》しくなって思わず笑ってしまった。

「ルドルフ殿下……？」

「え……？　あ、ああいえ、なんでもありません」

「？」

リズベットは不思議そうな表情を浮かべているけど、このことはまだ言わないでおこう。それは、彼女と剣で語り合った後だ。

「ルドルフ殿下、大変です！　……って、リズベット様！」

戻ってきたマーヤが勢いよく扉を開けると、リズベットを見て慌てて駆け寄った。

「リズベット様、お気をつけください！　あのロビン殿下が、リズベット様のお部屋の前で座り込みをしております！」

「ええー……」

「ハア……」

僕は頭を抱え、リズベットはこめかみを押さえてかぶりを振る。

きっとロビンのことだろうとは思ったけど、まさかそんなことをしているなんて、思いもよらなかったよ。

「あの様子だと、リズベット様にお会いするまでは一晩中でも動かないと思います。なので、本日はこのまま、ルドルフ殿下のお部屋にお泊まりになられるのがよろしいかと」

「えええええええええええ!?」

マーヤのとんでもない提案に、僕は驚きの声を上げた。

い、いや、確かに僕達は婚約者同士だし、仮に同じ部屋で一晩を過ごしたとしても、とやかく言われるようなこともないかもしれない。

でも、だからって僕の理性が耐えられると思う？　はっきり言って自信がないんですけど。

あとマーヤ、そのしたり顔はやめてくれないかな。

「あ、あははー……リズベット殿、どうしましょうか……」

「マーヤの言うとおり、私がロビン殿下と遭遇するわけにはいかないでしょう。となれば、ルドルフ殿下と一夜を共にするほかありません。ええ、それはもう」

リズベットがどこか興奮した様子で、ものすごくグイグイくる。

い、いや、君がいいなら僕もやぶさかではないんですけどね。

「決まりですね。私は色々と支度いたしますので、お二人はどうぞごゆっくりしてくださいませ」

専属侍女らしからぬ下品な笑みを浮かべ、マーヤは部屋を出ていってしまった。

「ふふ……ふふふ……ルドルフ殿下のお部屋でお泊まり……お泊まりです」

いつもと様子が違い、仄暗《ほのぐら》い笑みを浮かべるリズベットに不安を覚えつつも、僕はもう考えることをやめて流れに身を任せることにした。


「ルドルフ殿下、リズベット様、ようこそお越しくださいました。アリシア妃殿下はすぐに参られますので、それまでこちらでお寛ぎくださいませ」

面談の日になり、僕とリズベットが巨蟹宮《きょかいきゅう》を訪れると、応接室に案内された。

ロビンの夜這いの一件があったからか、使用人達の応対は非常に良く、リズベットも満足げだ。

ちなみに、そのロビンは案の定一晩中リズベットの出待ちをしていたらしく、朝になると部屋の前で突っ伏して寝ているところを他の使用人に発見された。

もちろん、このことはすぐにアリシア皇妃の耳に入り、ロビンは金牛宮で軟禁状態とのこと。

その話を聞いて、『最初からアリシア皇妃に事情を伝えたら、もっと早く対処してもらえたのでは？』と、リズベットとマーヤに告げると。

『そのような不確かなことで、大切なリズベット様を危険に晒《さら》すわけにはまいりません。ルドルフ殿下のお部屋に泊まることが最適解だったと、このマーヤ＝ブラントは自負しております』

『マーヤの言うとおりです。ロビン殿下と会わないようにするためには、これしかありませんでした』

二人がここぞとばかりに結託して、僕は強引に説得されてしまった。

僕もリズベットと一緒に一晩を過ごせたので、当たり前だけど悪い気はしなかったよ。

あ、もちろん、いかがわしいことはしてないからね？　せいぜい同じベッドで枕を並べただけだとも。

ただ、夜中に荒い息遣いが耳元で聞こえたような気がするけど、気のせいだと思いたい。

「ウフフ、お待たせしたかしら」

「……………………」

しばらくして、アリシア皇妃がフレドリクを連れて応接室にやって来た。

どこかご機嫌な様子のアリシア皇妃に対し、フレドリクはまるで値踏みするような視線を僕達に向ける。

その琥珀《こはく》色の瞳に、リズベットとはまた違った冷たさを湛《たた》えて。

第一皇子のフレドリクは徹底した合理主義者で、全てのことを自分にとって利があるかどうかで考えるところがある。

それを証明する出来事として、僕がまだ七歳でフレドリクが十歳だった頃、アリシア皇妃主催のお茶会で、母親についてきた同年代の子息令嬢達が庭園でお菓子を食べていた時のこと。

一人の子息が、フレドリクに対して『大きくなったら、僕をフレドリク殿下の従者にしてください』とお願いした。

それを皮切りに、他の子息達もフレドリクの従者になりたいと騒ぎだし、令嬢達は口を揃《そろ》えて妃になりたいなどとはしゃぐ。

多分、子息令嬢達はあらかじめ両親からそう言うように指示されていたのだろう。そうでなければ、いくら子供とはいえ無礼だからね。

そこまでしてでも、第一皇子と繋《つな》がりを持つことを重要視しているということだ。

そして、その思惑に気づいているにもかかわらず何も言わないアリシア皇妃もまた、フレドリクの支持者となり得る貴族の選別を行っていたのかもしれない。

だけど。

『君達は私の従者になることで、何を与えてくれるのだ？』

その一言で、場が凍りついてしまった。

まさかストレートにそんなことを聞いてくるとは、誰も思いもよらなかったからだ。

『お、俺はフレドリク殿下をお守りいたします！』

『僕も、殿下の右腕としてお役に立ってみせます！』

『わ、私はフレドリク殿下を癒《いや》して差し上げます！』

子息令嬢達は口々にアピールするが、フレドリクはひとしきりそれを聞くと。

『つまり、君達と友誼《ゆうぎ》を結んでも、得るものはないということは理解した』

その一言を残し、フレドリクは表情も変えずにその場から立ち去ってしまったのだ。

どうしてこんなに詳しく知っているかって？

この時の僕は、大勢に囲まれて美味《おい》しそうなお菓子を食べているフレドリクが羨《うらや》ましくて、庭園の物陰から恨めしそうに眺めていたんだよ。

いや、それまでもフレドリクに対してはよからぬ感情を抱いていたけど、あの光景を見た時は……あれは殺意に近かったかも。

だって、僕がどれだけ望んでも手に入らないものが手に入るのに、フレドリクは全部拒否したのだから。

「ところで……今日の面談は皇族だけで、と考えていたのだけど……」

アリシア皇妃は、チラリ、とリズベットを見やる。

ひょっとしたら、彼女がいると憚《はばか》られる話があるのかもしれない。事実、今回の面談において同席すると思われていたフレドリク派の貴族が一人もいないことからも、今日のことは身内だけに留めたいのだろう。

「アリシア妃殿下、ご心配には及びません。リズベット殿は僕の婚約者ですし、何より、ファールクランツ閣下のご令嬢です。むしろ今後のことを考え、僕がお願いして同席してもらいました」

「そう……ルドルフ殿下がそう判断したのなら、私から言うことはないわ。フレドリクもいいわよね？」

「ええ」

少し苦笑しつつ、アリシア皇妃はリズベットの同席を許可してくれた。

「そういえば、あなた達がこうして顔を合わせて話をするのは、今回が初めてよね」

「はい」

「……はい」

抑揚のない声で返事をするフレドリクに対し、僕は少し躊躇《ちゅうちょ》してから返事をした。

僕自身はあの日以降、難癖をつけては暴力を振るうロビンを除けば、皇宮内ではせいぜい使用人達と事務的な会話しかしたことがない。貴族どころか、皇族の誰とも面識なんてないに等しいんだ。

だって、僕には他の人達と会話する資格も、権利もなかったから。

でも、目の前の男……フレドリクは違う。

望みさえすれば、誰とだって対等以上の立場で会話することができる。

僕と面識がないのは、この男にとって〝穢れた豚〟である僕が、言葉の一つすらも交わす価値がなかったからということだ。

それは、躊躇《ためら》いもなく返事をしたフレドリクの姿を見て理解したよ。

残念だったね。そうは思うけれど、あなたが唯一持ち合わせていない軍事力を、この僕が持っているのは確かだ。

だから、嫌でも僕と言葉を交わすしかないんだ。

あなたにとって、無価値な僕と。

「ルドルフ殿下。フレドリクにはあなたからのお願いについて、先に説明をしてあるわ。それで、お願いの見返りとして、フレドリクに力を貸してくれるのよね？」

「はい、おっしゃるとおりです」

「このことは、父も了承済みです」

僕の答えに続き、リズベットが後押しをしてくれた。

「それならよかったわ。後で話が違うなんてことになったら、困るものね」

僕達の返事を聞いて安心したのか、アリシア皇妃の表情に笑みが零《こぼ》れる。

……アリシア皇妃としては、実の息子であるフレドリクが可愛《かわい》いだろうからね。なんとしても、次の皇帝にしたいだろう。

なら。

「アリシア妃殿下、フレドリク兄上と僕が手を結ぶのはいいのですが、ロビン兄上はいかがなさるのですか？」

僕は、かねてから気になっていたことを尋ねた。

あのロビンによる夜這い事件で、アリシア皇妃が迅速に動いたことで、元々フレドリクと手を結ぼうと考えていた僕にとっては、結果的に良い方向に事が進んだ。

だけどアリシア皇妃の立場を考えれば、あそこまで醜態を晒したロビンを見捨てたほうが、フレドリクのためにもよかったのではないかと思ったりもする。

そうすれば、僕ともっと有利に交渉を進めることもできただろうから。

「……ルドルフ殿下も気づいているとは思うけど、あの子は皇帝の器ではないわ」

アリシア皇妃は、床に視線を落としてそう言った。

その言葉には完全に同意するけど、だったらなおさら、ロビンは切り捨てるべきだっただろうに。

「だから私は、あの子が皇帝になれなかったとしても、平穏に暮らせるようにと考えているの。そのために、フレドリクとは別に派閥をつけ、いざという時に兄をサポートさせることで、フレドリクが皇帝になったあかつきには、安定した地位に就かせるつもりでいるのよ」

要は、ロビンがどれだけ最低でろくでもない男だったとしても、アリシア皇妃にとっては可愛い息子でしかないということか。

そして、このような話になるからこそ、フレドリク派の貴族達を同席させたくなかったんだろう。

例の夜這いの件については僕達でもみ消したこともあり、皇宮の外には漏れていないけど、もしそのことが他の貴族に知られれば、ロビン派だけでなくフレドリク派の貴族からも見限られる可能性があり、オスカル派の連中に取り込まれることになってしまうだろうから。

だけど、アリシア皇妃という女性はもっと現実的で、たとえ肉親であっても切り捨てることができる人物だと思っていたんだけどなあ……僕も、まだまだ人を見る目がない。

「……アリシア妃殿下。お言葉ですが、今のお話を私は到底許容できません」

「リズベット殿……？」

隣に座るリズベットが、眉根を寄せてアリシア皇妃を見据える。

「私の夫となるルドルフ殿下は、幼い頃からロビン殿下の手によって誹謗《ひぼう》中傷だけでなく、従者による暴力を受け続けていたんです。なのに、自分のしたことに責任も取らないで平穏に暮らすなんて、私は絶対に認めない」

「………………」

リズベットの真《ま》っ直《す》ぐな視線を、言葉を、思いを、アリシア皇妃は受け止めることができずにただ目を伏せた。

ロビンのこれまでの所業を、アリシア皇妃もよく知っているから。

それに、ベアトリスとの確執もあり、彼女自身がそれを放置してきたことも。

でも。

「アリシア妃殿下……少なくとも、僕は申し上げたとおり、フレドリク兄上と手を結びたいという思いに変わりはありません。なので、引き続きどうぞよろしくお願いします」

僕は、アリシア皇妃に向かって深々と頭を下げた。

もちろん僕だって、今までロビンから受けてきた暴力などの数々を、受け入れるなんてしたくはないし、するつもりもない。

そんなことをしたら、せっかくリズベットが僕のためにアリシア皇妃に言ってくれたことを……彼女の想いを、蔑《ないがし》ろにしてしまうから。

でも、フレドリクと手を結ぶことは、僕がリズベットを幸せにするためにはどうしても必要だ。

だったら僕は、迷うことなくアリシア皇妃とフレドリクとの関係構築を図るよ。

「……あなた達に、ロビンを近づけるようなことは絶対にさせない。それは、バルディック帝国第一皇妃、アリシア＝フェルスト＝バルディックの名にかけて誓うわ」

「……今は、そのお言葉を信じることにします。実際、昨日もすぐに対処してくださいましたし」

フレドリクと手を結ぶことの重要性は、聡《さと》いリズベットはもちろん理解している。

だから、アリシア皇妃が自分の名をかけて提示した約束を、不本意ながらもリズベットは受け入れてくれた。

「ふむ……母上、これでルドルフとの話は終わりですか？」

「え？　え、ええ……」

「なら、私は他の貴族との今後の打ち合わせがあるので、これで失礼します」

あまりに突然で空気を読まないフレドリクの台詞《せりふ》と行動に、アリシア皇妃も呆《ほう》けてしまう。

そんな自分の母親に一瞥《いちべつ》もくれず、フレドリクは応接室から退室してしまった。

その時。

――フ……。

フレドリクが、ほんの僅《わず》かではあるが微笑《ほほえ》みを見せた。

あの、誰に対しても……実の母親にさえも表情を変えない、フレドリクが。

僕はリズベットとアリシア皇妃の表情を窺《うかが》うが、どうやら二人はそのことに気づいていないようだ。

「本当に、あの子ったら……」

フレドリクが出ていった後の扉を見つめ、アリシア皇妃が溜息を吐いた。

……これ以上、フレドリクのことを気にするのはよそう。

「フレドリク兄上も退席されましたので、今日のところはお開きといたしましょう」

「そうね……って、一つ大事なことを忘れていたわ」

「大事なこと、ですか？」

「ええ。だって、私達はあなたとファールクランツ卿の支援を受けることになるけど、それに対する見返りについて、具体的に決めていないもの。もちろん、フレドリクが次の皇帝になった後の約束は当然だけど、それまでの間だって、私達は共闘関係にあるのだから」

そう言って、アリシア皇妃が苦笑した。

どうやら、彼女としてはフレドリクが皇帝になるまでの間についても、僕をサポートしてくれるつもりみたいだ。

「私もこう見えて、第一皇妃ですもの。それなりに力はあるのよ?」

「あはは……」

おどけるアリシア皇妃に、僕は苦笑する。

いや、本当に、もっと厳しい人だと思っていたんだけどなあ……。

「では、お言葉に甘えて……」

これからの僕達のことについて、いくつか提案をした。

まず、ロビンの件については、既にアリシア皇妃が約束してくれたが、もう一度念押しした。

三か月後に帝立学園に入学した後、ロビンが学園内で絶対に接触してこないように。

次に、天蝎宮以外の皇宮での僕達の立場について、便宜を図ってもらうことを提示する。

天蝎宮については、専属侍女のマーヤが怪しい連中を排除してくれているので問題ないが、そこから一歩出てしまえば、僕には敵しかいない。

でも、皇宮全体を取り仕切るアリシア皇妃であれば、僕達が不利益を被《こうむ》るようなことをなくすことができる。

そうすれば、僕……ひいては、リズベットがつらい思いをすることはないから。

「……最後に、母……ベアトリスについてです」

「ベアトリス?」

アリシア皇妃の視線が鋭くなる。

おそらく、僕がベアトリスにも便宜を図るようにとでも言うと思ったのだろうか。

でも……これから告げるのは、それとは逆のことで。

「このようなことを申し上げるのは情けない限りですが、僕はベアトリスから母として接してもらったことは一度もありません。そのせいか、あの人に対して特別な感情を抱くようなこともありません」

それに、前世の記憶を取り戻したおかげで、今の僕はベアトリスに思うところは何もない。

そう……あんな女、どうだっていいんだよ。

「ですから、この際ベアトリスとは縁を切りたい……そう考えているんです。そのために、アリシア妃殿下のお力を貸してはいただけないでしょうか」

そう告げた瞬間、僕の中にある前世の記憶を取り戻す前のルドルフの心が、ちくり、と痛む。

まるで、ベアトリスとの決別を拒むかのように。

いい加減、諦めろよ僕。

どうやったって、あの女が僕を見ることなんてないんだから。

「……ルドルフ殿下は、それでいいのね？」

「はい。構いません」

おずおずと尋ねてくるアリシア皇妃に、僕は淀《よど》みない声で明確に答えた。

これまで焦がれていた想いを、捨て去るかのように。

それに。

「…………………」

僕にはこうやって、同じように悲しんでくれて、そっと手を握って必死に慰めようとしてくれる女性《ひと》がいる。

だからもう、家族の愛情なんて期待しなくても……求めなくてもいいんだ。

「そう……分かったわ」

アリシア皇妃が、切ない表情を見せる。

どうしてそんな顔をするのかは分からないけど、とにかく、こちらの申し出を受け入れてくれてよかった。

「ありがとうございます。これで僕も安心しました。では、僕達はこれで……」

そう言って、僕がリズベットの手を取り応接室を出ようとすると。

「……ルドルフ殿下。私は、あの女が……ベアトリスが憎い」

「アリシア妃殿下……？」

「第一皇妃となったその日から……いえ、陛下と婚約したその日から、私は全て帝国に捧《ささ》げてきたわ。たとえ陛下の心に私がいなくても、それでも、私の全てを投げうって」

アリシア皇妃は、ドレスの裾を握りしめる拳を震わせた。

その表情に、悔しさ、口惜《くちお》しさを滲《にじ》ませて。

「もちろん、陛下には優秀な後継者を生み出すという責務もあることは承知しているし、伯爵令嬢のカタリナを第二皇妃として迎え入れたことについても、思うところはないの。でもね」

ジッと僕を見据えるアリシア皇妃。

その瞳は、うっすらと涙を湛えていた。

「あの女は我が物顔でこの皇宮に土足で踏み込み、穢したの。この私が子供と呼んでもおかしくないくらいに守り続け、愛し続けてきた皇宮を」

「…………………」

「だから、絶対にあなたとあの女の縁を切ってあげる。その上で、あなたが想像する以上に、ベアトリスという女を苦しめてあげるわ」

そう言うと、アリシア皇妃は仄暗い笑みを浮かべる。

僕には、アリシア皇妃とベアトリスの間に何があるのか……いや、何があったのか、それは分からない。

だけど……僕はこの女性《ひと》を、少し可哀想《かわいそう》だと思ってしまった。

「……そのせいで、私はあなたに酷《ひど》いことをしてしまった。ロビンを甘やかしてしまった、というのもあるけど、何一つ悪くないあなたに、ベアトリスを重ねてしまったんだもの……」

今さら、そんなことを言われても困る。

僕のこれまでの人生を、やり直すことなんてできないのだから。

でも。

「お気遣い無用です。こんな僕ですが、他の人からは……たとえ皇帝陛下であったとしても、絶対に与えてはもらえない、素晴らしいものをもらいましたから」

ポケットの中に忍ばせてある金貨を握りしめ、リズベットを見つめる。

そう……僕には、今も決して色あせることがないあの日があって、変わらずに……ううん、それ以上に僕を見てくれる、たった一人の君がいるから。

今さら人生をやり直しなんてしたら、僕の大切な宝物まで失ってしまうよ。

「それでは、失礼いたします」

「…………」

無言でうつむくアリシア皇妃に一礼し、僕達は巨蟹宮を後にした。


「アリシア妃殿下……かなりお怒りになられていましたね」

部屋へと戻る途中、リズベットが、ポツリ、と呟《つぶや》く。

確かに、彼女のベアトリスに対する憎悪には並々ならぬものを感じた。それこそ、この僕すらも恨んでしまうほどなのだ。

「何があったのかは分かりませんが、母上……いえ、ベアトリスが一方的に悪いのでしょう。あの方は、そういう方です」

僕は顔を背け、吐き捨てるように言った。

ヒステリックで、横柄で、皇帝の力は全て自分の力であると勘違いしていて、でもその心の奥底は、いつ皇帝に捨てられるか分からないという恐怖と不安に晒され続けている、憐《あわ》れで愚かな女。

それが、あのベアトリスという女なのだから。

「とはいえ、所詮《しょせん》は皇帝陛下の愛人でしかないのですから、歳を重ねれば、いずれ捨てられるのは目に見えていますが」

「……本当に、そうでしょうか」

無理やりおどける僕に、リズベットは意味深な言葉を告げる。

「それは、どういう意味ですか？」

「私は、一度だけルドルフ殿下のお母様……ベアトリス様をお見かけしたことがあります」

「そうなんですか？」

「はい」

まさかリズベットが、ベアトリスを見かけたことがあるなんて意外だった。

ただ、二人は性格も、その生き方も、完全に水と油だろうから、今後交わる機会は永遠にないだろうとは思うが。

「あれは、二年前の皇帝陛下の誕生日を祝う舞踏会の場です。あの御方は、良くも悪くも目立っておりました」

二年前のカール皇帝の誕生日パーティーといえば、僕は二人の皇妃と三人の皇子が壇上で挨拶している姿を、会場であるホールの柱の陰から見つめていたなあ。

ただ……愛人でしかないベアトリスまで壇上にいるのに、僕だけ除《の》け者《もの》にされて、いたたまれなくなってすぐに自分の部屋に籠《こも》ったんだけど。

「皇帝陛下が席を外されて一人になったベアトリス様は、周囲にいる者達を怒鳴りつけては、理不尽な要求ばかりされているのが、遠くから眺めていてもわかりましたが……」

ハア……本当に、ろくなことをしない。

いくら皇帝の寵愛《ちょうあい》を受けているからといって、そのようなことを繰り返していたらいずれ見捨てられるというのに。

皇帝だって、自身の権威にまで影響が出たら、間違いなく情け容赦なく切り捨てるに違いないだろうし。

「ただ」

「ただ……？」

「私には、あえてそのように振る舞っているようにも見受けられました。まるで、皇帝陛下に見限られたいかのように」

ベアトリスは、東の辺境にある貧しい男爵家の令嬢だ。

だから、たとえ愛人とはいえ皇帝の寵愛を受けることは、本人にとっても実家にとってもこの上なく重要であり、絶対にその地位を手放したりはしないはず。

「……リズベット殿の見立てを疑うわけではありませんが、僕にはただ、皇帝陛下の威光を笠《かさ》に着て傍若無人に振る舞っているだけにしか思えません」

「あ、いえ……もちろん、ルドルフ殿下のおっしゃるとおりだと思います。あくまでも、私の主観でしかありませんので」

僕の様子を見て、リズベットが慌てて補足した。

「あ、あはは。僕だって、ベアトリスとまともに会話したことすらないんですし、結局のところどうなのか分かりませんけどね。そ、それより、僕達の立ち合いの日まで、もうほとんど時間がありません。よければ、一緒に訓練を……」

「申し訳ありません。パーティーの準備がありますので、私はこれで失礼します」

「そ、そう……」

リズベットは優雅にカーテシーをし、足早に自分の部屋へ戻っていってしまった。

「あはは――……やっぱりそうなっちゃうよね」

だって、僕がリズベットに勝利することは、彼女の想いを否定すること。それは、絶対に受け入れられないに決まってるから。

彼女が去った廊下の先を見つめ、僕が苦笑していると。

「ルドルフ！」

現れたのは、よりによってロビンだった。

アリシア皇妃はロビンに接触させないことを約束してくれたけど、さすがについさっきの話だし、手を打てるわけがないか。早くなんとかしてほしい。

「貴様！　よりによって母上を騙《だま》し、俺とリズベットの仲を引き裂こうとするなんて……！　〝穢れた豚〟の分際でッッッ！」

いや違った。アリシア皇妃は早速手を打ってくれたみたいだけど、この馬鹿がそれを無視したのか。もっと厳重に管理するよう、アリシア皇妃に進言しておこう。

「ロビン兄上……もういい加減にしてください。アリシア妃殿下からも、僕とリズベット殿に近づかないように言われたのでしょう？　だったら……」

「黙れ！　豚のくせに驕《おご》りやがって！　貴様なんぞ……っ!?」

殴りかかってきたロビンを、僕はヒョイ、と躱した。

「いい加減、気づいてください。僕はもう、以前の僕ではないんです。僕やリズベットに手を出すということは、僕達だけでなくファールクランツ閣下を敵に回すことになり、アリシア妃殿下、それにフレドリク兄上にも迷惑をかけるということなんですよ」

「う、うう……っ」

ここまで言われようやく思い至ったのか、ロビンは呻《うめ》き声を上げる。

いや、第三皇子で僕よりも年上なんだから、それくらい分かっていてほしい。

ロビンはしばらく顔を歪《ゆが》め、僕を睨《にら》んでいたかと思うと。

「……それなら、こっちにも考えがある」

僕を睨んで呟いた後、ロビンはこの場を去っていった。

「……一体何なんだ？」

首を傾《かし》げた僕は、これ以上気にしてもしょうがないので、自分の部屋に戻った。

だけど……こんなことなら、もっと警戒しておくんだったよ。

なぜなら。

「ハア……」

「「……………………」」

次の日の朝、アリシア皇妃に呼ばれてやって来た、巨蟹宮の応接室。

アリシア皇妃は、額を手で押さえ深い溜息を吐くが、数える限りこれで十七回目だ。

一体何があったのかって？

ロビンの奴が、とんでもないことをやらかしたんだよ。

「……まさか、ロビン兄上がオスカル兄上側に与《くみ》するなんて」

「言わないでちょうだい……」

僕の言葉に、アリシア皇妃が頭を抱えた。いや、そりゃ抱えたくもなるよね。

自分の息子が、敵陣営に寝返ったんだから。

確かに僕も、フレドリクと手を結ぶことによってロビンがフレドリクと……ひいてはアリシア皇妃とも仲違《なかたが》いすることは予想していたし、むしろそうなるように仕向けたよ？

だけど、昨日の今日でオスカルにつく？　神経を疑うよ。

「実は……」

とりあえず、僕は昨日の出来事について、アリシア皇妃に説明する。

おそらく、あれがオスカルへの寝返りを決めた最大の要因だと思うから。

「情けない……そもそもあの子には、シーラがいるというのに……」

シーラというのは、ロビンの婚約者であるアンデション辺境伯家の令嬢だ。

アンデション辺境伯家は、隣国ノルディア王国への備えとして西の国境を代々守ってきた由緒ある貴族家だ。

なので、当然ながら軍事力もある……と思いきや、実はアンデション家は、豊富な資金力と外交能力で国境を維持してきた。

そのおかげで、現在はバルディック帝国とノルディア王国は友好関係にあり、交易も盛ん。全ては、アンデション家の活躍による恩恵なのだ。

要するに、アンデション家は帝国にとってなくてはならない貴族家の一つなんだけど、その令嬢が次期皇帝の芽もない、しがない第三皇子のロビンと婚約するなんて、普通ならあり得ない。

何より、ロビンも僕ほどではないにせよ、貴族達からの評判もよろしくない。

それでもシーラ嬢と婚約できたのは、ひとえにアリシア皇妃の働きかけによるものだろう。

なのに、そんな婚約者そっちのけでリズベットに懸想し、挙句には実の兄であるフレドリクを裏切って皇位継承争いのライバルであるオスカルに与する始末。

おかげで僕も、開いた口が塞《ふさ》がらないよ。

「それで……どうなさるのですか？　フレドリク兄上にとって、かなりの痛手になるのでは……」

とはいえ、節操もなく失礼千万なロビンなので、今まで支援してきた貴族達はすぐに離脱しそうな予感がしないでもないけど。

それに、ロビン派閥の貴族もアリシア皇妃が用意したんだろうし。

「まずは、アンデション卿に謝罪するところから始めることにするわ。最悪、ロビンとの婚約解消についても話し合わないと……」

「お、お疲れさまです……」

僕には、そんな言葉をかけるのが精一杯だった。

「あなた達にも迷惑をかけて、申し訳なかったわね……私の名にかけて、決してロビンを近づかせないと約束したばかりなのに……」

「アリシア妃殿下、お気になさらないでください。ただ、今後ロビン兄上にお会いした際は、少々やりすぎてしまうかもしれませんが」

それを聞いたアリシア皇妃は、ますます頭を抱える。

でも、ロビンが完全にアリシア皇妃の手を離れてしまった以上、アイツは好き勝手に暴れるに違いない。

そうなると僕達が迷惑を被るんだから、アリシア皇妃に遠慮なんかしていられない。

なら、そうなる前に先手を打ってロビンを排除することも考えないと。

「いずれにしても、僕達はフレドリク兄上を支持します。なので、こちらのことはお気になさらず」

「ありがとう……」

うなだれるアリシア皇妃を見やり、僕は応接室を後にした。


「アリシア妃殿下も、相当参っていたな……」

天蝎宮へと戻る途中、僕はポツリ、と呟いた。

これまで色々しでかしても見捨てずに可愛がってきたのに、あの馬鹿息子は手のひらを返してこんな裏切りを働いたんだからね……親の心子知らずとは、よく言ったものだよ。

「いずれにせよ、これからロビンがどのような行動に出るか、注意しておく必要があるな」

さすがにアリシア妃殿下の管理下に置かれている皇宮で、あの男も下手な真似はできないとは思うけど……って。

「ハハハハハ！　どんな気分だ？　この、〝穢れた豚〟が！」

ああもう、どうしてお約束とばかりに現れるかな。ロビンの馬鹿は。

ひょっとして僕、呪われてる？

「母上から聞いたのだろう？　俺が、オスカル兄上についたことを！」

「ハア……ええ、聞きましたよ。アリシア妃殿下も、大層嘆いておられました」

「そうだろう！　母上も、貴様などと手を結んだりするからこうなるのだ！　今さら後悔しても、もう遅い！」

駄目だ。この男、まるで分かっちゃいない。

これまで、どれだけあの女性《ひと》に助けてもらっていたのかを。

「……いい加減にしろ」

「は？」

「いい加減にしろって言ったんだ！　今まで散々お世話になっておいて、尻拭《しりぬぐ》いまでさせて！　オマエのせいで、アリシア妃殿下がどれだけ大変な目に遭っているのか……いや、どれだけ傷ついたのか、分かっているのか！」

ロビンの暴言の数々に堪《こら》えきれなくなり、僕は口汚く叫んだ。

だってそうだろう？　コイツは、僕がずっと望み続けても手に入れられなかったものを持っていたのに、信念も何もない、ただの私利私欲で手放したんだから。

「いいか！　オマエは、ここまで育ててくれた……愛情を注いでくれた、アリシア妃殿下を裏切ったんだ！　それだけじゃない！　オマエの婚約者であるシーラ嬢も、その母親のアンデション辺境伯も、オマエに関わる全ての者を裏切ったんだぞ！」

「う、うう……」

まさか今まで蔑《さげす》んできた僕が、こんな態度を見せるなんて予想していなかったのだろう。

ロビンは困惑し、思わずたじろぐ。

「そ、それは、貴様が俺のリズベットをたぶらかしたからだろう！　全部貴様のせいだ！　貴様がさっさと、リズベットから手を引けばよかったんだ！」

言うに事欠いて、ロビンは僕に責任転嫁し、リズベットまでも巻き込んできた。

そんな馬鹿で愚かで、救いようのないこの男の姿に、僕は逆に心が急速に冷めていく。

「……ロビン、オマエに言っておく。僕のリズベットに手出ししたら、ただじゃおかない。覚悟しておけ」

「っ！　それはこっちの台詞だ！　今すぐリズベットを解放しろ！　さもなくば後悔することになるぞ！」

ロビンはそれだけ最後に言い放つと、足早にここから立ち去っていった。

だが。

「……オスカル兄上」

通路の先でロビンを待ち構えていたのは、第二皇子のオスカルだった。

僕達四人の兄弟の中で、唯一皇族の証《あかし》である、琥珀色の瞳を持たない男。

ロビンはオスカルに駆け寄って何やら必死に訴えているが、どこか心を許しているかのように、時折笑顔さえ見せている。

その時。

――ニコリ。

オスカルが、僕を見て微笑んだ。

「へえ……ロビンを上手《うま》く取り込んだだけでなく、僕にまで秋波を送ってくるつもりなのかな」

あの笑顔の意味はともかく、ロビンに向ける表情は、兄として慰めているようにも見えるけど、あの黒い瞳からは思いやりのようなものが欠片《かけら》も感じられない。

それどころか、奈落の底まで通じているかのような、どこまでも深い闇が潜んでいるように思えた。

「……行こう」

僕は踵《きびす》を返し、自分の部屋へと戻った。


「マーヤ、どうかな？」

いよいよ皇室主催の新年祝賀パーティー……そして、僕とリズベットの決戦の日となり、僕はファールクランツ侯爵との朝の鍛錬を終えて、パーティーの支度をしていた。

もちろん、一番大事なのはリズベットとの勝負だけど、新年祝賀パーティーだって、僕がリズベットを婚約者として初めて披露する大切な公式の場でもある。絶対に、彼女に恥をかかせるわけにはいかない。

「ルドルフ殿下、素晴らしいです！　これならきっと、リズベット様も見惚《みと》れることは間違いありません！」

「そ、そうかなー」

マーヤに手放しに褒められ、僕は照れ笑いする。

ちなみに、今日の僕の服装は、黒を基調としたタキシードだ。

本当はリズベットの瞳の色と同じアクアマリンをアクセントにしようかとも思ったけど、マーヤ曰《いわ》く派手でダサいからと、思いきりダメ出しをされた。僕にセンスがないことを思い知らされた瞬間だ。

「さあ、リズベット様がお待ちです。すぐにお迎えにまいりましょう」

「う、うん」

僕とマーヤは、リズベットの部屋に向かう。

それにしても、僕とリズベットの二人の支度を同時にこなすマーヤは、侍女としてかなり優秀だよね。

とはいえ、これじゃ過重労働が過ぎる。早く職場の待遇改善に乗り出したい、んだけど……。

「……マーヤ。この前相談した、新しい専属侍女を入れる話は……」

「この私をお払い箱にしようとしても、そうはいきませんよ。しがみついてでも、この愉快なポジ……いいえ、名誉ある地位だけは手逃しません」

少し不穏なことを言った気がするけど、とにかく、マーヤは専属侍女の仕事を、たとえ一部だとしても他人に委ねようとはしないのだ。

「いずれにしても、帝立学園に入学したら、僕とリズベット殿は別々の寮になるんだ。だから、それまでには最低限一人だけでも、絶対に専属侍女を選んでおいてね」

「ハア……仕方ありませんね」

いやいや、溜息を吐きたいのは僕のほうなんだけど。

「さあ、楽しいおしゃべりはここまでです。これ以上は、絶対にリズベット様が嫉妬なさいますので」

「そうだね。それを踏まえた上で、あえて僕と仲睦《なかむつ》まじそうなふりをするのが君だからね」

「最近の殿下の、私に対する不当な評価に抗議します」

まあ、冗談はさておいて。

――コン、コン。

「リズベット殿。お迎えにあがりました……っ」

扉を開け、部屋の中へ入ると。

「ルドルフ殿下……」

婚約者のあまりの美しさに、僕は声を失ってしまった。

リズベットは琥珀色のドレスに身を包み、長く艶《つや》やかな黒髪をハーフアップにまとめている。

そして……左手の薬指には、誕生日にプレゼントした淡い青色の宝石をあしらった指輪も。

「い、いかがでしょうか……？」

…………………はっ！　み、見惚れている場合じゃない！

「もちろん、とても素敵です。それこそ、女神さえも裸足《はだし》で逃げ出してしまうほどに」

「あ……ふふ、ありがとうございます」

僕の言葉に、リズベットが頬を染めて微笑んだ。

うわあ……駄目だ、どうしても彼女に目が釘付《くぎづ》けになってしまう。

本当に、こんなにも素敵な女性《ひと》が僕の婚約者だなんて、奇跡なんて言葉で片づけられないよ……。

「殿下、ではまいりましょう」

「へ……？　は、はい！」

ああもう、また見惚れてしまったよ。

でも、さすがに二回目ともなるとリズベットも気づいたみたいで、僕の情けない反応にも嬉しそうにしてくれた。

「ルドルフ殿下、リズベット様、いってらっしゃいませ」

僕はリズベットの手を取り、マーヤに見送られて会場となる黄道宮のホールへ向かった。

◆

「「「「……………………」」」」

会場に入るなり、既に集まっていた貴族達が、一斉に僕達を見た。

王族特有の琥珀色の瞳を持つ第四皇子である僕と、まだ成人を迎えていないにもかかわらずその美貌とアクアマリンの瞳が湛える冷たさで〝氷の令嬢〟と呼ばれるリズベットが、こうして二人並んで現れたんだから、どうしても目立ってしまうよね。

とはいえ、さすがに僕達が婚約していることは、既に帝国中に広まっている。

だから、こうして僕がリズベットをエスコートするのは当然だし、彼女がいつも以上に身体を寄せるのも自然……なのかな？　ちょっと距離が近すぎる気がする。

なお、皇族はホール二階のバルコニーから揃って登場することになっているので、まだ会場の中にはいない。

僕？　僕は皇位継承権があるにしても、皇族として認められていないんだから、その他大勢と同じ扱いだとも。

「……やはり私は、この仕打ちに耐えられそうにありません」

リズベットは眉根を寄せて呟き、僕の手を強く握りしめた。

「いいんです。今さら皇室の一員として扱われても、僕にとっては迷惑でしかありません。それに、いずれフレドリク兄上が次期皇帝となれば、僕は晴れてこの呪縛から解き放たれるのですから」

そうだとも。こんな呪われた皇族の血なんて、お断りだ。

暴君となる未来を捨て、僕はリズベットと共に、僕の前世の世界……三百年後の未来の人々の誰も知ることのない、ましてや『ヴィルヘルム戦記』にルドルフの文字が載ることすらない、そんな人生を歩むのだから。

「そうでしたね。あなた様は地位や名誉などではなく、この私を選んでくださったのですから」

「あ、あはは一……そうですね……」

「っ!?　違うのですか!?」

乾いた笑みを浮かべた僕が目を逸《そ》らした瞬間、リズベットが泣きそうな表情で詰め寄る。

「そ、その……リズベット殿があの日の女の子だと知るまでは、とにかく生き抜くために必死でしたし、むしろ君が婚約相手だと知った時には、どうやって婚約解消するか、それればかり考えておりまして……」

「そ、そんな……」

僕の告白に、リズベットが絶望の表情を浮かべた。

「も、もちろん、今はそのようなことは微塵も思っていませんよ！　むしろ、そのような馬鹿なことをしなくて本当によかったと、心から思っていますから！」

「あ、当たり前です！　私は、あなた様のことを九年もの間想い続けていたのです！　絶対に、離しはいたしませんから！　ええ、それはもう！」

リズベットが、僕の腕に思いきりしがみつく。彼女は力が強いので、ものすごく痛い。

でも、それ以上に柔らかい感触にも包まれているので、僕は天国と地獄を同時に味わっております。

すると。

「…………………………」

僕達を白けた表情で見ている貴族達に紛れている人物からの、射貫《いぬ》くような視線を感じた。

「……リズベット殿」

「はい……」

僕が耳打ちすると、リズベットが頷く。彼女も、この視線に気づいたんだろう。

周囲を見回し、視線の正体を突き止めようとしたら。

「なるほど……アイツでしたか」

そこにいたのは、ヴィルヘルム＝フォン＝スヴァリエだった。

歴史どおりなら運命の女性《ひと》のリズベットを、未来の暴君である僕が奪ったんだ。たとえその未来を知らないにせよ、そうなるように仕向けていたアイツにとって、この僕は邪魔者以外の何者でもないからね。射殺《いころ》すような視線を向けるのも頷ける。

だから。

「あ……ふふ」

僕の腕を抱きしめていたリズベットを、今度は逆に抱き寄せた。

まるで、あの男に見せつけるかのように。

「…………………………チッ」

ヴィルヘルムは舌打ちをし、ホールから出ていってしまった。

「あの男……まだリズベット殿に未練があるみたいですね」

「本当に、迷惑です。この私を騙しておきながら、どうしてまだ可能性があると思っているのか、不思議でなりません。といっても、たとえ騙していなかったとしても、あの男のものになることなどあり得ません。だって」

すい、と顔を近づけ、リズベットは僕を見つめると。

「私の身も心も、全てルドルフ殿下のものなのですから」

そう言って、咲き誇るような笑顔を見せてくれた。

僕としてはリズベットの想いが心から嬉しいけど、『ヴィルヘルム戦記』ではヴィルヘルムと結ばれ、この僕を暗殺する歴史が存在することを知っているから、すごく複雑な気分です。

ただ。

「はい……君は、僕の婚約者なのですから」

リズベットに応えるように僕も笑顔で頷くものの、ヴィルヘルムのあの視線が脳裏に浮かび、どうしても不安が拭えなかった。


「皆の者、今日は大いに楽しむがよい」

カール皇帝の挨拶により、いよいよ新年祝賀パーティーが始まる。

もちろん、皇帝の傍《そば》のアリシア皇妃をはじめ、皇族の面々が後ろに控えていた。

その中には、ベアトリスの姿も……って。

「むぐっ!?」

「ルドルフ殿下、パーティーだからといって食事を疎《おろそ》かにしてはいけませんよ？」

僕の口の中に、遠慮なく野菜を突っ込むリズベット。

お願いだから、ニンジンも一緒に放り込むのはやめてください。

だけど。

「……ありがとうございます」

「ふふ、どういたしまして」

バルコニーで手を振る皇族達を見ていた僕が気落ちしないようにと、わざと僕の嫌いなニンジンを食べさせたりして気遣ってくれていることは、もちろん分かっている。

おかげで僕は、こんなにも心が温かい。

「ルドルフ殿下、いよいよですな」

「あ……ファールクランツ閣下」

声をかけてくれたのは、ファールクランツ侯爵。

リズベットと試合をする今日を含め、剣術指南を申し出てくださってから毎日僕に稽古をつけてくれた、まさに師匠と言うべき存在。

「はい。おかげさまで、万全の状態で挑むことができます」

「それは何より。リズベットよ、分かっているな」

「……お父様に言われなくても、分かっております」

「クク……そうか」

せっかくの雰囲気を壊されてしまったからだろう。リズベットは露骨に顔を背け、嫌そうに答えた。

それを受けたファールクランツ侯爵は、どこか愉快そうにくつくつと笑う。

ひょっとしたら、彼もリズベットが僕との手合わせを拒む理由が分かっているのかも。父親なんだから、きっとそうだね。

「さて……私はこれで失礼する」

「もうお帰りになられるのですか？」

「ええ。向こうは私に声をかけてきますが、私が相手をしても意味がないですからな」

フレドリク派の貴族達は、僕ではなくファールクランツ侯爵と関わりを持とうとしているのだろう。

ひょっとしたら、フレドリク派だけでなく、オスカル派の貴族達もいるのかもしれない。

「お手を煩わせてしまい、申し訳ありません……」

「なあに、構いませぬ。それに、このような面倒なパーティーを抜け出す、良い口実になりました。何より、屋敷でテレサが待っておりますからな」

ファールクランツ侯爵は、口の端を僅かに持ち上げる。

こんなことを言っては失礼かもしれないけど、強面《こわもて》の人の滅多に見せない笑顔って、和むどころかプレッシャーしか感じない。

もう慣れている僕ですらそうなのだから、他の貴族達は余計にそう思っているだろう。

「では、結果を楽しみにしておりますぞ」

「はい。ありがとうございました」

会場から立ち去るファールクランツ侯爵の背中に向け、深々とお辞儀をした。

その時。

「あら、いたの?」

けだるそうな声に、僕が勢いよく振り返ると。

「母上……」

「いつもは陛下の挨拶の時だけ顔を出してすぐいなくなるのに、珍しいじゃない」

手に持つグラスに注がれた赤ワインをクイ、と飲み干し、ベアトリスが皮肉めいた微笑みを見せる。

見る限り一人のようだし、どうやら皇帝は会場から既に引き揚げたみたいだな。

ということは、この女は一人だけ残ったのか。

「母上こそどうされたのですか？　いつもなら、皇帝陛下とご一緒では」

「……うるさいわね。陛下は、仕事で席を外しておられるのよ。それより」

不機嫌な様子を隠そうとせず、ベアトリスはジロリ、とリズベットを見やった。

「……ファールクランツ家の長女、リズベットと申します」

ベアトリスに負けず劣らず、不機嫌さを隠さずにカーテシーをするリズベット。

アクアマリンの瞳には、殺気すらも漂わせて。

「ふうん……婚約をしてもう一年近くも経《た》つというのに、私のところに一度も挨拶に来ないくせに、その上そんな態度を取るのかしら」

「母上、おやめください」

「黙りなさい。大体、あなたが第四皇子になれたのは、誰のおかげだと思っているのよ。なのに、こんな小娘の肩なんか持って」

「っ！」

ベアトリスの放った言葉に、僕は怒りのあまり拳を強く握りしめて歯噛《はが》みした。

言うに事欠いて、『誰のおかげ』だって？　僕は一度だって、そんなものを望んだことはないのに。

第四皇子なんかになったせいで、僕はこの皇宮に……この世界に居場所なんてなかったのに。

全ては、ベアトリスの保身のためでしかないくせに……って。

「あ……」

リズベットが、爪が食い込むほど握りしめていた僕の拳に手を添え、ニコリ、と微笑む。

彼女が僕だけに見せてくれる、慈愛に満ちた優しい瞳で。

「ベアトリス様。今のお言葉は、私を……いえ、バルディック帝国の武を支えるファールクランツ侯爵家を、何も持たないあなたが侮辱した、という理解でよろしいですか？」

「っ！　何ですって！」

腹の底から凍えるような声で告げたリズベットに、ベアトリスは醜悪に顔を歪めてヒステリックに叫んだ。

「では、どのような意図でそのようにおっしゃったのでしょうか？　事と次第によっては、ファールクランツ家から正式に抗議をさせていただきますが」

「ふざけるんじゃないわよ！　アンタみたいな小娘、私が陛下に言って……っ」

ベアトリスが右手を振り上げ、リズベットにワイングラスを投げつけようとする。

「っ！　ルドルフ、どきなさい！」

「いいえ。彼女は……リズベット殿は、僕にとってこの世界で最も大切な、かけがえのない女性《ひと》です。たとえ母上であっても、絶対に傷つけさせはしない」

「ルドルフッッッ！」

――ガシャン！

リズベットの前に立って庇《かば》う僕に、ベアトリスはグラスを思いきり投げつけた。

だけど僕はベアトリスから目を逸らさず、ただ見据える。

正直、皇室主催のパーティーの席でこんな真似をするのもどうかと思うけど、ベアトリスはこういう女なのだからしょうがない。

すると。

「……ベアトリス、よくもまあ皇室に泥を塗るような真似をしてくれたわね」

「っ!?」

騒ぎに駆けつけたアリシア皇妃が、ベアトリスの背後から険しい表情で告げた。

この世界で、最もベアトリスを憎む女性《ひと》が。

「陛下が公務で僅かでも席を外せば、いつも問題ばかり。本当に、あなたという人はどうしようもないわね」

「…………………」

いくら皇帝の寵愛を受けているといっても、皇宮を取り仕切っているのは第一皇妃であるアリシア皇妃。

さすがに分が悪いことを理解したベアトリスは、唇を噛んでうつむく。

「皆さん、お騒がせしました。引き続き、盛大に新年を祝いましょう」

アリシア皇妃の言葉で、こちらの様子を窺っていた貴族達は落ち着きを取り戻し、それぞれ談笑やダンスに興じ始めた。

といっても、あえて普段どおりを装った、と言ったほうが正しいだろうけど。

「ベアトリス。これ以上粗相をしないよう、自分の双子宮に戻りなさい」

「……失礼いたしますわ」

ベアトリスは僕とリズベットを一瞥し、会場から出ていく。

けど、扉の向こうから金切り声が聞こえたから、おそらくは使用人や衛兵達相手に鬱憤《うっぷん》を晴らしているのだろう。使用人達からすれば、いい迷惑だ。

「ルドルフ殿下！　額にお怪我《けが》が……」

「心配いりません。それより……アリシア妃殿下、この度はご迷惑をおかけし、申し訳ありませんでした」

ベアトリスが投げつけたグラスで額を切った僕の手当てをしようとするリズベットを制止し、まずはアリシア皇妃に謝罪した。

もちろん、これはあくまでも僕とリズベットの分。たとえ実の息子であろうと、ベアトリスの行為まで謝るつもりなんてない。

あんな奴のために、謝ってたまるか。

「私はいいですから、早くリズベットに手当てをしてもらいなさい。分かったわね」

「は、はい。では、手当てが済みしだい、改めて謝罪にお伺いします」

「もう……そんなこと、気にしなくてもいいのに……」

僕はアリシア皇妃に心配そうに見つめられる中、リズベットと会場を出て医務室へと向かう。

ただ、グラスで切った傷が思ったより深かったようで、傷口を押さえるハンカチに血が滲み、雫《しずく》が僕の手を伝った。

「……ルドルフ殿下、庇ってくださるのは嬉しいですが、どうかお気をつけくださいませ」

「すみません……」

彼女が本当に心配してくれていることが分かるからこそ、僕はただ平謝りするしかない。

でも、また同じような状況になれば、その時も当然リズベットを守るけど。

「もう……私の言うことを聞く気がないことくらい、分かりますよ……？」

「あ、あはは……」

口を尖《とが》らせるリズベットに、僕は苦笑するしかなかった。


「改めて……先ほどは、申し訳ありませんでした」

手早く治療を済ませ、僕達は会場に戻ってきてアリシア皇妃に頭を下げた。

「構わないわ。それより……その額を、よく見せなさいな」

「あ……」

心配そうな表情で僕の額を確認する皇妃の姿に、思わず戸惑ってしまう。

僕とアリシア皇妃は、お互いの利益のための関係でしかないのに。

僕は……フレドリクやロビンじゃないのに。

「ふう……ちゃんと手当てはしてあるわね」

「は、はい」

「とはいえ、あとで傷口が腫れたり頭痛があるかもしれないから、気をつけるのよ？」

ようやく胸を撫で下ろしたかと思うと、アリシア皇妃がそんな言葉を付け加えた。

「どうして……」

「ん？」

「どうしてアリシア妃殿下は、僕なんかの心配をされるのですか……？」

気づけば、僕はそんなことを尋ねてしまった。

ベアトリスなんか、実の息子である僕を傷つけても、何とも思わないのに……って!?

「ア、アリシア妃殿下!?」

「ルドルフ殿下……私はベアトリスが憎すぎるせいで、あなたを蔑ろにしてしまったことは認めるわ。そんな私を、信用も信頼もできないことも理解している。だけどね」

突然僕を抱きしめたアリシア皇妃が、僕の顔を見つめると。

「私はバルディック帝国の第一皇妃なの。なら、帝国皇室の子供であるあなただって、私の子供なのよ」

「あ……」

「ウフフ……そんなことも忘れていたなんて、本当に私もどうかしているわね。ルドルフ殿下にとっては、今さらでしょうけど……」

アリシア皇妃が僕から離れ、自虐的な微笑みを浮かべて目を伏せる。

本当に、今さらだよ。

いっそ利害関係のみでいてくれれば、僕だってこんな思いをしなくて済むのに。

こんな……実の母親にはなかった、温《ぬく》もりを感じてしまうなんて。

「さあさあ、二人はパーティーを楽しんでいらっしゃい。こんな面倒なおばさんに付き合わせてしまって、ごめんなさいね」

そう言って、苦笑いを浮かべるアリシア皇妃が僕達の背中を押した。

僕達は戸惑いつつ、彼女に一礼してその場を離れた……んだけど。

「やあ」

一難去ってまた一難。今度は、オスカルが声をかけてきた。

「オスカル兄上、僕に何か用ですか？」

「つれないなあ。僕達は兄弟なんだ。なら、別に声をかけるくらい、おかしくはないだろう？」

オスカルは肩を竦《すく》めるが、僕は今まで、この男から声をかけられたことなんて一度もない。

なのに、今さら兄弟面《づら》をして話しかけてきたら、こんな反応をするに決まっているじゃないか。

「ですが、オスカル兄上はロビンをご自身の派閥に引き入れたのでしょう？　なら、あの男が目の敵《かたき》にしている僕なんかと話をしていては、それこそ勘違いされてしまうのでは？」

僕は皮肉を多分に込め、そう告げた。

面倒なのもそうだけど、オスカルが何を考えているのか、探る意味でも。

「アハハ、ロビンのことは『兄上』と呼ばないいんだね」

「………………」

「それは置いといて、あいつのことなら心配いらないよ。パーティーが始まってすぐ、僕の派閥の令嬢達をあてがっているから、今頃はサロンでお楽しみの最中だろうし」

なるほど……だからロビンを、この会場で見かけないのか。

だけど、リズベットに懸想しておきながら、他の令嬢達と快楽に興じるなんて、本当に屑《くず》だな。

「……それに、ロビンはすぐにでも壊れるから」

「壊れる、というのは……？」

言葉の意味が分からず、僕はおずおずと尋ねた。

「そのままの意味だよ。よく考えてごらん？　ロビンの我儘《わがまま》が許されていたのは、アリシア妃殿下の庇護《ひご》があったからだ。そのアリシア妃殿下と袂《たもと》を分かった今、ロビンを守ってくれる者は誰もいない」

「？　オスカル兄上は、ロビンをご自身の派閥に迎え入れたのですよね？　なら……」

「まさか。どうしてこの僕が、ロビンなんかの面倒を見ないといけないんだい？」

僕の質問がツボに入ったのか、オスカルが愉快そうに笑う。

「そもそも、僕がロビンを派閥に入れてやったのは、アイツではなくアリシア妃殿下によってあてがわれた、ロビン派の貴族達を取り込むためだよ。その中でも特に魅力的なのは、アンデション辺境伯だね」

……まあ、オスカルがロビンをそう評価して、アンデション辺境伯を引き入れたいという気持ちも理解できる。

それにアンデション辺境伯は、ロビンのせいで愛娘《まなむすめ》のシーラ嬢が恥をかかされたんだ。なら、その意趣返しとして掌《たなごころ》を返すのは、火を見るよりも明らかだ。

「それで、だ。後ろ盾を失い、支えてくれた貴族達も失った今、ロビンの価値なんて何もない。一方で、これまで〝穢れた豚〟と罵《ののし》って蔑んできたルドルフは、ファールクランツ侯爵という支援者を得、さらにはフレドリク兄上の派閥に加わって、アリシア妃殿下の庇護さえも期待できる」

「…………………」

「これだけ立場も逆転し、前途も多難。ロビンは鬱憤を溜《た》める一方だよ。それが、ただでさえ器も度胸も小さなロビンの、心の容量を超えてしまったら、どうなると思う？」

「……何かのきっかけで、暴発する」

「そのとおりさ。その時こそ、ロビンが壊れる時だよ」

オスカルはポン、と手を打ち、くつくつと嗤《わら》った。

それにしても……思惑があるとはいえ、自分の陣営に迎え入れた弟に対し、ここまで酷い扱いができるものなのだろうか。

「オスカル兄上は、ロビンのことが嫌いなのですか……？」

僕は、ふと湧いた疑問をぶつけてみる。

今までフレドリク側にいたロビンは、オスカルのことを毛嫌いしていた。

それなら、オスカルはロビンをどう思っているんだろう、と。

もちろん、こんなにもロビンのことを蔑むオスカルは、アイツが嫌いなんだとは思う。

だけど……僕には、どうもそんな簡単な感情や理屈では済まないように思えるんだ。

「アハハ、決まっているさ。僕はロビンが……いや、琥珀色の瞳を持つ者全てが憎い」

「っ!?」

朗らかな様子から一変し、オスカルは今まで見せたことのないような、鬼の形相を見せた。

怒り、憎しみ、妬《ねた》み、嫉《そね》み……そんな負の感情を、全て剥《む》き出しにして。

……オスカルにとって、自分だけ瞳の色が違うことが、こんなにも根深いものだったのか。

「なら、同じく琥珀色の瞳を持つ僕も、オスカル兄上にとって敵ということになりますね」

「そんなことはないさ」

僕の言葉を、オスカルが即座に否定する。

「確かにルドルフの瞳は琥珀色だけど、お前は僕と一緒だからね」

「それは……」

「だってそうだろう？　僕は、この黒い瞳のせいでいつも疑われ続けた。本当は皇帝陛下と血が繋がっていないのではないかと」

そんな噂《うわさ》が、皇宮内でも絶えず流れていることは、僕も知っている。

だけど、瞳の色が違う以外は、性格や容姿など、皇帝に最もよく似ているのがオスカルであることも事実。

だからこそ、そんな疑惑が流れつつも、オスカルが皇子であると認められているのだから。

「ルドルフは瞳の色こそ皇族の証である琥珀色だけど、それ以外は陛下に似ても似つかない。なら、僕達はあべこべなだけで、本質は同じだと思わないかい？」

「……つまり、何をおっしゃりたいのですか？」

ここまで話しても、結局オスカルの意図が分からず、僕は少し苛立《いらだ》ちを覚えながら尋ねた。

すると。

「ルドルフ……フレドリク兄上から離れ、僕につく気はないか？」

「っ!?」

オスカルから放たれたその言葉は、僕を驚かせるには十分だった。

まさかオスカル本人から、勧誘を受けるなんて。

「お前も知っているだろう？　フレドリク兄上は、能力は高いけど皇帝になるために必要な資質に欠けていることを」

オスカルの言うフレドリクに欠けた資質……それは、対人能力に他ならない。

物事の全てを合理的かつ効率的に考えてしまうあまり、フレドリクは他人と相容《あいい》れることができないのだ。

それは、実の母親であるアリシア皇妃や、弟のロビンに対しても。

結果的に、そのことがロビンに寝返りを決断させた要因の一つだと思っている。

まあ、寝返った最大の要因は、僕がフレドリクと手を結んだからだけど。

「その点に関しては僕も同意しますが、優秀な部下が橋渡し役となれば、解消できることだと思いますが」

「面白いことを言うね。なら、その橋渡し役を、一体誰が担うというんだい？」

「……………………」

それを言われると、耳が痛い。

人付き合いが壊滅的に苦手な上、全てを自分で行わないと気が済まないフレドリクの性格を考えれば、彼の調整役を務めることができる者がいるとも思えないからね……って。

「リズベット殿……？」

「ルドルフ殿下の、お心のままに」

今まで静かに聞いていたリズベットが僕を見つめ、頷いた。

そうか……なら。

「まあ、ルドルフもすぐには決められないと思うけど、これからのことを考えれば、自《おの》ずと答えは

「……」

「申し訳ありませんが、そのお誘い、お断りいたします」

オスカルの言葉を遮り、僕は明確に拒否を示した。

別に、僕はフレドリクに思い入れがあるわけでもないし、ロビン派の貴族が全てオスカルについたのなら、この男が皇位継承争いに勝利する可能性のほうが高いかもしれない。

「……理由を聞いてもいいかい？」

和やかな雰囲気から打って変わり、オスカルが険しい表情を見せて尋ねてくる。

その黒い瞳に、先ほど見せたものと同じ、琥珀色の瞳を持つ者への憎悪を湛えて。

「僕は、アリシア妃殿下と約束しました。『フレドリク兄上を支持する』と。なら、それを果たすだけです」

「それじゃ理由にならないね。僕と手を組むほうが間違いなく見返りが大きいのに、お前はそれをみすみす見逃すとでもいうのかな」

「見返りなら、アリシア妃殿下から既にもらっていますから」

そう……僕は、確かにもらった。もらってしまったんだ。

これまでどれだけ望んでも、決して手に入れることができなかった、母の温もりを。

「……馬鹿げている。たとえアリシア妃殿下でも、僕以上の見返りを用意できるものか」

両手を広げ、オスカルは大仰にかぶりを振った。

「とにかく、僕の答えは変わりません。失礼します」

「失礼します」

僕はリズベットの手を取り、その場を後にする。

「……これじゃ、話が違うじゃないか」

オスカルの、奇妙な呟きに気づかないまま。


パーティー会場を後にして訓練着に着替えた僕は、約束の場所である訓練場で、一人たたずんでいた。

黄道宮からは華やかな音楽が流れており、今頃は貴族達も酒に酔いダンスに興じて楽しんでいるところだろう。

特に、目障りな第四皇子や皇帝の愛人も姿を消したんだ。さぞや晴れ晴れとしているに違いない。

「そういえば、前世では新年をどう過ごしていたっけ」

ふと気になり、僕はおもむろに夜空を見上げて思い出してみる。

確か……村人だった僕は、毎年新年になると浮かれに浮かれ、初恋の女性《ひと》となんとかして一緒に新年を祝おうとしては断られ、打ちひしがれて一人で過ごすのが定番だったなあ……いや、もう思い出すのはやめよう。悲しくなる。

それより、やっぱりこの時間ともなると寒いなあ。ひょっとしたら、これから雪になるかも。

手のひらに息を吐いて、温めていると。

「お待たせいたしました」

「リズベット殿……」

パーティーの装いとはまるで正反対の、練習用のたんぽ槍を片手に訓練着を着たリズベットが姿を現した。

もちろん、僕と全力で試合をするために……いや、違うな。

僕をねじ伏せ、格の違いを見せつけるために。

「あはは、先ほどぶりですね」

「……そうですね」

クスリ、と笑う僕に、リズベットは〝氷の令嬢〟に相応《ふさわ》しく、冷たさを湛えた表情を浮かべた。

さっきまでの華やかさと熱気に包まれた会場とは打って変わり、冬の夜空とリズベットが漂わせる雰囲気によって、身体から急速に熱が奪われていく。

「……ルドルフ殿下、お聞きするのはこれが最後です。もう、この試合はやめにいたしませんか？あなた様では、私に勝利することは永遠にありません」

やっぱり君は、最後の最後まで僕と戦うことを拒否するんだね。

「リズベット殿、今さら怖気《おじけ》づいたんですか？」

「っ！　今のお言葉、撤回なさってください！」

「嫌です。僕の口を塞ぎたいのなら、君が勝てばいい」

そう言うと、僕はゆっくりと木剣を構えた。

君が、己の強さに関して絶対に譲れない想いを抱えていることは、分かっている。

だけど……僕だって、強くなることに譲れない想いがあるんだ。

未来の暴君である僕の隣にいることで降りかかるであろう火の粉の全てから、世界一大切な君を守り抜くために。

この想いを、貫くために。

だから。

「僕は、君に勝つ！　勝ってみせる！」

ファールクランツ侯爵は、百回に一回であれば、リズベットに勝てると言ってくれた。

もちろん、僕はリズベットに勝利するまで何度だって挑むつもりだ。それこそ、百回負けたとしても。

だけど……願わくば、その一回の勝利を今、この時に。

「笑わせないでください！　あなた様は……あなた様は、ただ私に守られていればいいのですッッッ！」

「っ!?」

リズベットが、強烈な踏み込みから、鋭い突きを繰り出す。

守るべきこの僕に、思い知らせるために。

「く……っ！」

容赦ない突きの連打に、僕は堪《たま》らず距離を取った。

「甘いですよ！」

リズベットはさらに踏み込み、槍の間合いから僕を逃そうとしてくれない。

その一突きごとに、彼女の口の端が吊り上がっていく。

まるで……獲物を追い詰める、肉食獣のように。

――ガンッッッ！

「うっ!?」

槍の動きが突きから急に胴払いに変化し、僕は咄嗟に木剣を構えてかろうじて受け止めるも、その威力に吹き飛ばされてしまった。

というか、体格は僕と同じくらいなのに、リズベットのほうが力もスピードも圧倒的に上だ。

はっきり言って、いつも稽古で手合わせしてくれるファールクランツ侯爵よりも、目の前のリズベットのほうが何倍も強い。

ファールクランツ侯爵は、百回に一回なら勝てる見込みがあるって言ってくれたけど、ただのお世辞だったんじゃないかな。全然勝ち筋が見えないんですけど。

「ルドルフ殿下……確かにあなた様は、そこそこ強くなられました」

「リズベット殿……」

「ですが、残念ですが私に勝利することはできません……いいえ、これから先もずっと、永遠に私には勝てないでしょう」

そう言うと、リズベットが口の端を吊り上げた。

これまで見たことのない彼女の表情に、僕は思わずぞくり、としてしまう。

リズベットは、いつだって僕の思いを尊重し、支え続けてくれた。

それが、目の前の彼女は打って変わり、ただ僕を叩き伏せることだけを考えている。

自分の力を、誇示するかのように。

「……そんなこと、まだ分からないじゃないですか」

「いいえ、私は負けません。ルドルフ殿下にも、たとえお父様であっても……世界中のどのような強者であっても」

僕の精一杯の強がりを、リズベットは即座に否定する。

それどころか、自分こそが世界最強なのだと宣言した。

「私はあの日、誓ったのです。ルドルフ殿下をお守りするため、誰よりも強くなると。ロビン殿下の従者に暴行を受けながらも、この私を守ってくれたルドルフ殿下よりも」

「…………………………」

「ですからルドルフ殿下は、どうか私に敗れ、平伏《ひれふ》してくださいませ。そんなあなた様の全てを、私が包み込み、永遠にお守りして差し上げます」

恍惚《こうこつ》の表情を浮かべ、舌なめずりをするリズベット。

まさか彼女の庇護欲が、ここまで突き抜けているなんて、思いもよらなかったよ。どうしよう。

……いや、よくよく考えればリズベットは、『ヴィルヘルム戦記』でも愛するヴィルヘルムのために暴君ルドルフを暗殺までしたんだから、それもあり得るのか。

「あははー……これは、絶対に負けられなくなっちゃったよ」

「ふふ……ふふふ……まだそのようなことをおっしゃるのですか。であれば、ぜひともお分かりいただけるよう、完膚なきまでに倒しませんと……っ！」

「っ!?」

リズベットは一気に詰め寄り、槍を振り上げる。

突き、打ち、払いを容赦なく、それも流れるように繰り出され、僕は防戦一方になった。

「ぐ……う……っ」

一撃一撃を木剣で受け止めるだけで、身体が軋《きし》み、悲鳴を上げる。

このままじゃ先に身体がまいってしまい、戦闘不能になってしまう。

「やああああああああああああああああッッッ！」

「甘い」

僕は雄叫《おたけ》びを上げて奮い立たせ、必死に剣を振り下ろすも、あっさりと弾《はじ》き返されてしまった。

やばい……本当に、勝ち筋が見えてこないんだけど。

「ルドルフ殿下……どうか、戦いに関してはこのリズベットに任せ、あなた様は私の背中に守られていてください。大丈夫、何も心配することなどありませんから」

胸に手を当て、慈愛を湛えた微笑みを見せるリズベット。

でも、アクアマリンの瞳には、僕に対する怒りがはっきりと浮かんでいた。

彼女はあの日の出来事を受けて、僕を守るために強くなろうと心に決めて、想像もつかないほど努力を重ねて、今の強さを手に入れたんだと思う。

なのに、守るべき対象である僕がリズベットより強くなってしまったら、また僕を守れなくなってしまうのではないかと、そんなことを考えてしまったんだろう……って。

「あははっ」

僕は思わず、クスリ、と笑ってしまった。

「……何がおかしいのですか？」

「おかしいですよ。だって……君は、勘違いをしているから」

そう……リズベットは、勘違いをしている。

僕は強さを求めているけど、決してリズベットより強くなりたいわけじゃない。というか、別に僕以外の誰かより強くなるとか、そんなことは望んでいないんだ。

でも、言葉でそれを伝えても、リズベットは聞く耳を持たないだろう。

なら……彼女に勝つことで、聞き入れてもらうしかない。

「ふ……ふふ……私が何を勘違いしているというのですか」

「それは、僕が君に勝った後で話しますよ」

「いい加減にしてください！　ルドルフ殿下は、私には絶対に勝てないのです！　永遠に！　だから……だから、あなた様はただ、私に守られていればいいのです！」

よほど僕の言葉が気に入らなかったのだろう。リズベットは鬼の形相で槍を振るった。

強く、速く、激しく……まるで、先ほどまでは手加減をしていたのだと、まざまざと見せつけるように。

……いや、違う。

先ほどまでの洗練された動き、狙いすました正確な突きは鳴りを潜め、ただ闇雲《やみくも》に……まるで駄々っ子のように攻撃を繰り出しているだけだ。

これなら……っ！

「っ！　まだ歯向かうのですか！　まだ……まだ、私のこの想いを理解してくださらないのですかッッッ！」

僕が腰を落とし、地を這《は》うように低く構える姿を見て、リズベットの表情には怒りだけでなく、悲しみの色が浮かび上がる。

違うよ、リズベット……。

僕は、君の想いを否定なんてしていない。それどころか、こんなにも想ってくれる君が、世界中の誰よりも愛《いと》しいんだ。

だけど、君だって分かっていない。

この……僕の君への想いを。

だから。

「ああああああああああああああッッッ！」

僕は右足に全体重を乗せて地面を蹴り、剣の切っ先を向けて勢いよく飛び込んだ。

速く、鋭く、ただリズベット目がけて。

「っ！　舐《な》めるなああああああああッッッ！」

リズベットもまた槍を引き戻し、僕の眉間へと突きを放つ。

猛々《たけだけ》しく、これ以上ない殺気を込めて。

その瞬間。

「っ!?」

僕は、さらに左足で地面を蹴り、僅かに軌道をずらすと、リズベットの槍が僕の左頬をかすめ、焼けるような熱さを感じた。

……試合開始直後のリズベットだったら、躱すどころか僕の動きの軌道を見逃さず、正確に眉間

を打ち抜いていたと思う。

でも、冷静さを欠いた今の彼女では、対処することができなかった。

リズベットを揺さぶるとか、そんなつもりは決してない。

だけど、結果としてそれが、明暗を分けることになったんだ。

「あ……」

僕は地面を踏み込み、剣の先がリズベットの細く煽情《せんじょう》的な喉元に触れる寸前で止めた。

「ぶはッッッ！　はっ！　は……っ！　はあ……はあ……っ」

この一撃に全てを懸けたことによる緊張と、疲労と、リズベットを傷つけずに済んだことへの安《あん》堵《ど》で、僕はその場に倒れ込み、止めていた息を一気に吐き出した後、荒い呼吸を繰り返す。

激しく打つ心臓の音が、僕の耳の奥で鳴り響いていた。

「はあ……はあ……はあああ……」

しばらくしてようやく呼吸が整い、僕が顔を上げると。

「…………………」

リズベットは膝から崩れ落ちており、虚《うつ》ろな表情で地面を見つめていた。

「リズ、ベット……殿……」

僕は疲れ切った身体を無理やり起こし、彼女の名を呼んだ。

「ふ、ふふ……負けて……しまい、ました……」

「…………………」

「あの・・・・日、私は誓ったのに……誰よりも、強くなると……あの男の子を、今度は私が守るのだと……そのために、絶対に誰にも負けないと、そう誓ったのにいいい……っ」

アクアマリンの瞳から、大粒の涙が零れ落ちる。

それは、白く珠《たま》のように頬を伝い、地面を濡《ぬ》らした。

僕は……。

「ル……ルドルフ、殿下……？」

身体を引きずってリズベットの傍へ寄ると、後ろから彼女を抱きしめた。

強く……ただ、強く……。

「私……私……あなた様を守るために、強くなったんです……でも、あなた様が私より強いのなら、私という存在は、あなた様にとって何の価値もなくなってしまう……っ」

堪えきれなくなったリズベットは、嗚咽《おえつ》と共にその想いを吐露する。

そうだね……君の強さへの想いは、ただ僕を守りたいというだけじゃないよね。

強くなって僕を守ることで、僕にとって君が必要なのだと……僕の中での存在価値を見出《みいだ》していたんだよね。

僕が、はっきりと想いを伝えていないばっかりに。

「ね、リズベット殿……僕の話を、聞いてくれますか……？」

「は、な……し……？」

「はい……僕は別に、誰に勝てなくてもいいんです。ファールクランツ閣下はもちろん、フレドリク兄上やオスカル兄上、ロビン……もちろん、君にだって」

そうだ。僕は誰に負けたって構わない。

勝ち負けなんて、一度だって考えたことはなかった。

「でも、僕は強くなりたかった。強さが欲しかったんです。君だけを、守れる強さが」

「私……だけ、を……」

「負けてもいい。打ちのめされたっていい。僕は……君さえ守れればそれでいい。だから、僕はそのことを君に示したかった。証明したかった」

僕は、『ヴィルヘルム戦記』に登場する、歴史に悪名を轟《とどろ》かせる暴君ルドルフ＝フェルスト＝バルディックで、いずれ、婚約者で強引に妻にしたリズベット＝ファールクランツに暗殺される男だ。

もちろん僕だって、そんな歴史を覆すために、必死にもがいている。

でも、前世の記憶を思い出した時も、僕は誰かの手によって毒殺されかけたし、今後も危険はつきまとうだろう。

それに……婚約者であるリズベットが、同じように狙われることだって。

「……第四皇子である僕に降りかかる危険を考えたら、本当は婚約を解消して距離を置くことが、リズベット殿を守る最善策なんです」

「っ⁉　待ってください！　そんなこと……いえ、それこそあんまりです！　あなた様と離れ離れになるなんて、それでは私は……っ⁉」

慌てて振り返り、必死に訴えるリズベットの可愛らしい唇を、僕は人差し指で塞いだ。

「でも、何度考えても、それが最善だと理解していても、僕は絶対に受け入れられませんでした」

「それは……どうしてですか……？」

リズベットが、縋るように僕を見つめ、尋ねる。

まるで、何かを期待しているかのような……何かを恐れているかのような、そんな瞳で。

さあ、言おう。

僕の……彼女と出逢《であ》ったあの日から今日までの、そして、これから先の未来の分も含め、ありったけの想いを込めて。

「君が……大好きだから。愛しているから。僕は、君なしでは生きていけないから」

涙で濡れたアクアマリンの瞳を見つめ、僕は世界一大好きなリズベットに告白した。

すると。

「……やっと」

「リズ、ベット殿……」

「やっと……あなた様から、そのお言葉をいただくことができた……っ！」

涙がとめどなく溢《あふ》れ出し、リズベットが綺麗《きれい》な顔をくしゃくしゃにする。

ああ……僕はこんなにも、彼女を待たせてしまったんだ。

出逢ったあの日から、重ねた月日だけ不安を募らせて。

「嬉しい……嬉しいです……こんな嬉しいことはありません……っ」

「次は、君の答えが聞きたいです……」

「もちろん、あなた様が大好きです！　愛しています！　世界中の誰よりも……未来永劫《えいごう》、誰よりも……！」

リズベットが僕の胸に飛び込み、濡れた頬を寄せる。

僕は、この愛《いと》おしい女性《ひと》の温もりを確かめるように、強く抱きしめた。

……これまで僕は、誰かにこんなにも愛してもらえるなんて、思っていなかった。

僕は婚外子で、〝穢れた豚〟で、存在してはいけなかったから。

でも、君が……リズベットだけが、僕を見てくれて、僕がここにいてもいいんだって、教えてくれたんだ。

そして今、君がこの僕を愛してくれている。

僕は……君に出逢うまでは不幸だったけど、あの日、君と出逢って世界一の幸せ者になりました。

「え、えへへ……」

「ふふ……ルドルフ殿下、泣いておられるのですか……？」

「もちろんですよ……だって、君が僕を好きって言ってくれたんですから。そういう君も、そんなに泣いているじゃないですか」

「あなた様が、泣かせたんです。私を、こんなにも幸せにしてくださったから」

僕達は泣いているはずなのに、どうしても顔が綻んでしまう。

「ねえ、リズベット殿……」

「なんですか……？」

「僕を見てくれて、ありがとう。僕を好きになってくれて、ありがとう」

「私こそ……私を見てくださって、ありがとうございます。私を好きになってくれて、ありがとうございます」

「えへへっ」

「ふふっ」

僕とリズベットは、おでこをこつん、と合わせ、互いの温もりを……想いを求めるように、強く抱きしめ合った。


「リズベット殿……そろそろ中に戻りましょう」

僕の肩に、顔に頬ずりをするリズベットに、耳元でささやく。

いや、僕としてもずっとこのままでいたいけど、そのせいでリズベットが風邪を引いたら本末転倒だからね。

「むう……ルドルフ殿下は、私とこうしているのはお嫌ですか？」

聞いた？　あのリズベットが、『むう』なんて可愛らしい声を漏らしたよ。

僕への執着といい、歪んだ庇護欲と独占欲といい、とにかくリズベットの違う一面をたくさん知ったことで、もうお腹一杯だよ。

え？　じゃあ、彼女の本性を知って幻滅したのかって？　まさか、そんなことあるわけないじゃないか。

むしろそこまで僕のことを想ってくれていたなんて、こんなに嬉しいことはない。束縛されて守られるなんて最高かな？　最高だよ。

「もちろん。僕もずっとこうしていたいです。でも、さすがに新年の夜は身体が冷えてしまいますから」

「……仕方ありません」

リズベットは頬を膨らませ、渋々離れた。

告白してから急に表情が豊かになったのも、多分、今まで遠慮していたんだろうな……。

婚約のための最初の顔合わせでも、緊張していて鉄仮面でも被《かぶ》っているみたいだったし。

といっても。

「あ……」

「今のような顔も含めて、他の男には絶対に見せないでくださいね？」

彼女の顔を隠すように、僕は胸の中で抱きしめた。

どうやら、僕もリズベットに負けず劣らず独占欲が強いみたいだ。

「ふふ……もちろんです。あなた様の前でなければ、このような顔ができるはずもありません」

「それならよかった」

僕とリズベットは微笑み合うと、手を繋いで今度こそ皇宮の中へと向か……って。

「え、ええと――……」

「ルドルフ殿下。私、良いことを思いつきました」

手を引く僕を止め、リズベットはニタア、と口の端を吊り上げた。嫌な予感しかしない。

「寒くても、身体を動かせば温かくなります。鍛錬にもなり、一石二鳥ですよ？」

「リ、リズベット殿!?」

僕の手を離し、リズベットは突然槍を構えた。

「ふふ……先ほどは負けてしまいましたが、次はそうはまいりません。ルドルフ殿下、お覚悟を」

「ヒイイ」

アクアマリンの瞳を爛々《らんらん》と輝かせるリズベットに、僕は戦慄《せんりつ》する。

というか、負けたことを相当根に持っているみたい。どうしよう。

「さあ！　まいります！」

「ちょ!?」

結局、僕達はその後九十九回も手合わせを行い、僕は一度も勝利することなく、ボロ雑巾のように地面に転がった。

ファールクランツ侯爵の言っていたとおり、百回に一回しか勝てないことが身をもって証明されたよ。チクショウ。

「ふう……ありがとうございました」

腕で汗を拭い、それはもう満面な笑みを見せるリズベット。

僕はそんな彼女をジト目で見つめつつ、思わず口元を緩めた。

幕間　歴史を知る男

■ヴィルヘルム＝フォン＝スヴァリエ視点

――昨日、双子の兄のパトリックが死んだ。

父であるヨーラン＝フォン＝スヴァリエ公爵は棺《ひつぎ》に縋《すが》りつき、号泣している。

この男は、ずっとそうだった。

同じ息子であり、どちらも同じ顔をしているにもかかわらず、いつもこの俺を邪魔者扱いし、パトリックを溺愛《できあい》し続けていた。

全員が白銀の髪を持つスヴァリエ家の中で、俺だけが赤い髪を持って生まれたせいで。

でも、もうパトリックはこの世にいない。

ならば、このスヴァリエ家を継ぐのも、この俺だけだ。

「……やはり、あいつの言ったとおりだな」

三年前、俺があいつから聞いた話。

――この俺が、歴史に名を遺《のこ》す英雄になるのだと。

最初、その話を聞いた時は、あいつがおかしくなってしまったのかと思った。

実際、あいつは突然性格が変わり、今までの横柄でいつも俺のことを見下していた態度から一変し、常に冷静で、物静かな男になった。

だが……言葉巧みに信用を勝ち取り、元々野心のあったヨーランの思惑をさらに加速させ、思いどおりに操る姿に、俺は背中に冷たいものを感じたのを、今でも鮮明に覚えている。

「はは……まあ、かく言う俺も、乗せられた口なんだがな」

今もなお悲しむヨーランの背中を見つめ、俺は自虐的に呟《つぶや》いた。

あいつの言うとおりに行動を起こした俺は、あの女の……リズベット＝ファールクランツを誘惑することに成功した。

俺の言葉を信じ、そのアクアマリンの瞳は俺を捉えて離さない。

そんなリズベットが、逢《あ》うたびに必ずといっていいほど話すことがある。

それは……九年前の、あの日の思い出。

あの女は、いつもは表情を一切崩さないくせに、あの日の話になると頬《ほお》を緩めた。

その吸い込まれそうなほど綺麗《きれい》な微笑《ほほえ》みに、俺は思惑に関係なく心を奪われてしまったのだ。

だからこそ、俺は悔しくてならなかった。

そのあの日に、この俺はいないのだから。

もちろん、俺はあの日のことを知っている。

ただし、あいつから聞いた話でしかないのだが。

とはいえ、リズベットの語るあの日と、あいつが詳細に教えてくれたそれは、完全に一致していた。

ただ一点を除いて。

リズベットは尋ねた。

『あの日お渡ししたものを、お見せいただけますか？』と。

もちろん俺は、あらかじめ用意していた言葉どおりに応えた。

『すまない……あれから色々あり、失《な》くしてしまったんだ』

俺は額を地面にこすりつける勢いで、リズベットに平伏《ひれふ》して謝罪した。

大切なものらしいが、ここまで俺のことを慕っているリズベットなら、許してくれることを知っているから。

案の定、リズベットは俺のことを許してくれた。

だが、彼女は事あるごとに、俺に尋ねるようになったのだ。

その、『お渡ししたもの』が何だったのか、と。

つまり俺は、リズベットに疑いの目を向けられるようになってしまったわけだ。

そのことをあいつに相談すると、『適当にはぐらかしておけばいい』とのアドバイスを受けた。

それに従い、俺はリズベットの質問をやり過ごす。

リズベットは追及こそしないものの、俺に向ける視線が少しずつ変化していることに気づいた。

そうしてリズベットと出逢ってから一年が経《た》つと、俺達の関係はさらに変化した。

突然、リズベットが俺に会ってくれなくなったのだ。

不思議に思い、俺は何度も手紙を送った。

ひょっとしたら、最後に会った時に、機嫌を損ねてしまったのかもしれない。

その謝罪と、会いたいという想いを込めてもう一度手紙をしたためたものの、やはり返事はなかった。

すると……リズベットの侍女で、マーヤという女が訪ねてきた。

リズベットが手紙の返事をくれたのだと思い、失礼がないように応対すると。

『その手紙にありますとおり、リズベット様はもうお会いにはなりません』

『っ!? どういうことだ!』

俺は、侍女に詰め寄る。

一方的にそんなことを、しかも手紙にたった一言の別れの言葉だけでは、到底受け入れられるはずがない。

『なら、この質問に答えてください。あの日、リズベット様がお渡ししたものが、何なのかを』

また、あの質問。

今回ばかりは、はぐらかすこともできない。

そんなことをしたら、リズベットは永遠に俺の元から離れてしまうかもしれないから。

だから。

『……リズベットがくれたもの。それは「ブローチ」だ』

俺は、そう答えた。

なぜなら、あいつは『「ブローチ」こそが正解のはずだ』と言っていたから。

なのに……俺は、答えを間違えてしまったらしい。

侍女はお辞儀をすると、俺が一瞬目を逸《そ》らした隙《すき》に、忽然《こつぜん》と姿を消してしまった。おそらくは、ファールクランツ家の影なのだろう。

その日の夜、スヴァリエ家の屋敷が全焼した。

つまり、俺が答えを間違えたことに……リズベットを騙《だま》したことに対する、報復を受けたのだ。

さすがのあいつも、全焼してしまった屋敷の有様《ありさま》を見て苦笑いを浮かべていた。

元々、リズベットが〝氷の令嬢〟という二つ名に似合わず、本来の気性は苛烈《かれつ》であることは知っていた。

だが、まさかこれほどとは……。

あいつは、リズベットについては別の機会があるからと、しばらくは身を引くように言ってきた。

だが、居てもたってもいられない俺は、彼女の誕生日にファールクランツ家を訪れることにした。

誕生日を祝うパーティーの席ならば、さすがのリズベットも俺のことを無下《むげ》に扱うことはできないだろうし、ここで機嫌を取り直すことができれば、また元どおりに戻れる。

そんな淡い期待を込めて。

だけどそれは、リズベットとの決別が決定的になっただけだった。

なぜなら。


——あの日の相手が、そこにいたのだから。


「何度思い出しても、忌々《いまいま》しい……っ！」

俺はギリ、と唇を噛《か》み、壁に拳を打ちつける。

本当なら、俺がリズベットと結ばれるはずなのに、あの〝穢《けが》れた豚〟……いや、暴君ルドルフが、彼女を奪ったのだ。

まさしく、歴史どおりに。

「クソッ！　こんな時、あいつが生きていれば、まだなんとかなったかもしれないのに……っ」

こんなことなら、あいつの乗る馬車に細工をして、事故に見せかけて始末するんじゃなかった。

そうだ……俺はあいつが恐ろしくなり、殺したのだ。

どこまでも冷たさを湛《たた》えた、あの琥珀《こはく》色の瞳が。

俺と同じ瞳であるはずなのに、まるでどこまでも深い闇を湛えているようで、このままでは俺が壊れてしまうと思ったから。

「……まあいい。俺は、あいつから聞かなければならないことは、全て聞いた。なら、あとはそのとおりに動くだけだ」

おそらく、リズベットは予定どおり暴君ルドルフと結婚することになるだろう。

いずれ、自分の手で暗殺することになるとも知らずに。

それなら、俺はその時が早く訪れるように……いや、結婚すら待たずに、そうなるように仕向けてやる。

……なあに、俺は誰も知らない歴史を知っているのだ。

だから、きっと上手《うま》くいく。

ついでに、こいつが皇宮内に仕込んでいたあれも、使わせてもらうとしよう。

ハハハ……〝穢れた豚〟の絶望する姿が、目に浮かぶ。

俺は三日月のように口の端を吊《つ》り上げると、今もなお泣き喚《わめ》くヨーランの頭上に、鉄槌《てっつい》を下した。

偽書・ヴィルヘルム戦記 ―飛躍の章― 交わり

■リズベット＝ファールクランツ視点

『あの男……ルドルフ＝フェルスト＝バルディックには、絶対に近づいてはなりません』

マーヤにルドルフ殿下のことについて尋ねた時に、返ってきた答えがこれでした。

彼は、皇帝陛下とその愛人で男爵令嬢のベアトリスの間に生まれた、いわゆる婚外子です。

一応は皇族としての扱いになるのですが、マーヤの話によると、ベアトリスが皇帝にねだり、ルドルフ殿下は皇位継承権を持つ第四皇子として認定された経緯があるとのこと。

当然、第一皇妃であるアリシア妃殿下や、第二皇妃のカタリナ妃殿下をはじめ、三人の皇子や貴族達、その他帝国の全ての国民が、ルドルフ殿下の存在を認めていないそうです。

ですが……ふふ、全ての帝国民というならば、この私は認めるか否かの判断をしたことはありませんので、嘘《うそ》になってしまいますね。

いずれにせよ、ルドルフ殿下の評判は皇宮内外でも最悪。

その背景もさることながら、いつも傲慢《ごうまん》かつ尊大に振る舞い、少しでも気に入らなければ使用人達に罰を与える。

一方で、二人の皇妃や三人の皇子にはどこまでも卑屈になり、媚《こ》び諂《へつら》うような態度を見せるそうです。

皇族の誰一人として、ルドルフ殿下の相手をするどころか、視界にすら入れていないというのに。

「そういえば、皇帝陛下の誕生記念パーティーでも……」

初めて見たルドルフ殿下は、使用人にグラスを投げつけて怒鳴り散らしておりましたが、会場内を見回しておられ、まるで誰かを探しているかのような様子でした。

……いえ。まるで、誰かに見てほしいかのように。

「リズベット様？」

「あ……ごめんなさい。ちょっと考え事をしてしまったわ」

マーヤに声をかけられ、私は気を取り直します。

今は新年祝賀パーティー用のドレスを合わせているのですから、そちらに集中いたしませんと。

せっかく、ヴィルヘルム様と一緒に新年を迎えるのですから。

「……私としましては、リズベット様が出席なさる必要はないと思いますが」

「そんなことを言わないでちょうだい。せっかく、あの御方が誘ってくださったのですよ？」

不機嫌に口を尖《とが》らせるマーヤを、私は苦笑してなだめます。

相変わらずマーヤはヴィルヘルム様が嫌いなようで、あの御方のことになると、事あるごとに反対をします。

まあ、それはお父様やお母様も同じなのですが。

「さあ、もうすぐヴィルヘルム様もまいられます。急ぎましょう」

「……はい」

私とマーヤは、急いで支度をしたのでした。


「リズベット、今日も綺麗《きれい》だよ」

「ありがとうございます」

皇宮に向かう馬車の中、ヴィルヘルム様が今日も褒めてくださいます。

ですが……出逢《であ》ってから、まもなく二年になるからでしょうか。彼からの賛辞に、ときめくこともなくなってしまいました。

ただ、不思議なことに、そのことを特に気に留めない私がおります。

あの日の男の子の言葉なのだから、天にも昇る心地のはずなのに。

「それにしても……もうすぐ、君も同じ生徒になるのだな」

バルディック帝国では、皇族および貴族の子息令嬢は、特別な事情がない限り、十五歳を迎えたら帝立学園に入学する決まりとなっております。

ヴィルヘルム様は私よりも二歳年上ですので、次で最上級生となられます。

「君にも生徒会に入ってもらうよう、生徒会長のオスカル殿下にはくれぐれもよろしくと言ってある。どうか、傍《そば》で生徒会副会長の俺を支えてくれるだろうか」

「はい……」

見つめてくるヴィルヘルム様に、私は頷《うなず》く。

なのに、どうしてでしょうか。帝立学園では、できれば距離を置きたいと思ってしまったのは。

……単に、今の距離感がちょうどいいと思っているからなのでしょうね。

あまり、互いに干渉しないほうがいいでしょうから。

皇宮に到着し、会場へと向かう。

すると。

「ん？　なんだ……誰かと思えば、スヴァリエ家の子息と……」

「ルドルフ殿下……」

私達は、ルドルフ殿下と出くわしたのです。

マーヤから、あれほど接触を避けるようにと言われておりましたが、これればかりは仕方ありませんね。

「ふふっ」

そんなことを考え、私にしては珍しく苦笑してしまいました。

「……貴様、何がおかしい」

いけません。ルドルフ殿下が、琥珀《こはく》色の瞳で私をジロリ、と睨《にら》んでいらっしゃいます。

「申し訳ございません。少し、思い出し笑いをしてしまいました」

そう言うと、私は深々とお辞儀をしました。

マーヤやヴィルヘルム様は、ルドルフ殿下が手に負えない暴君のような御方だとおっしゃいますが、私はそのようなことは一切感じません。

怒っていらっしゃるようでいて、実は寂しがり屋なだけの人。

前回のパーティーでも、使用人にグラスを投げつけておりましたが、あれでは床に叩《たた》きつけただけで、当たったりはしていませんから。

「……フン、変な奴」

ルドルフ殿下は吐き捨てるようにそう言うと、どこかへ行ってしまわれました。

「ふう……何もなくて、よかった」

深く息を吐く、ヴィルヘルム様。

……これは、どういうことでしょうか。

あの日、私を庇《かば》って大人達に殴る蹴るの暴行を受けていた御方とは思えないような、ルドルフ殿下への恐れ……それを、彼から感じました。

「まあいい。ルドルフ殿下のことは忘れ、今日は楽しもう」

「…………………」

私の手を取り、会場へ向かうヴィルヘルム様。

だけど。

「ルドルフ、殿下……」

なぜか私は、愛《いと》しいはずのこの御方ではなく、ルドルフ殿下のことを思い浮かべ、ポツリ、とその名を呟《つぶや》いたのでした。

終章　本当の歴史の始まり

リズベットに告白をした日から二か月。

天蝎宮《てんかつきゅう》にも春が訪れ、庭園にはリズベットの大好きな、ジャスミンの花がちらほらと咲き始めている。

だけど。

「ふふ、今日も陽射《ひざ》しが気持ちいいですね」

僕の目の前で優雅にお茶を口に含むリズベットの美しさのほうが、この庭園の全ての花よりも美しく咲き誇っているけどね。

そんなことを思いつつ、僕もカップに口をつけた。

「そういえば、帝立学園の制服の仕立てが終わって届けられていますけど、お二人とも試着なさいますか？」

空いたカップにお茶を注ぎ、マーヤが尋ねると。

「そうですね。ぜひともお願いするわ」

リズベットがチラリ、と僕を見てそう答えた。

ちょっと僕を見つめる彼女の鼻息が荒い気がするけど、気にしないでおこう。

だけど。

「ハア……リズベット殿の制服姿は楽しみですが、一か月後に帝立学園であの連中に会うのかと思うと、苦痛でしかないんですけど」

僕は、力なくテーブルに突っ伏した。

はしたないかもしれないけど、僕の気持ちだって理解してほしい。

だってさあ……帝立学園に入学するということは、二学年上のオスカル兄上やヴィルヘルム、それに一学年上のロビンにも会うってことなんだよ？

しかも、帝立学園は寮生活だから、逃げ場がないし。

「……いっそのこと、有事で入学免除とかにならないかなあ」

「ルドルフ殿下、そのようなことをおっしゃらないでください」

リズベットにピシャリ、とたしなめられてしまい、僕はますます落ち込んでしまう。

あ、そういえば。

「ところで……実は、リズベット殿にお願いしたいことがあるんです」

「私にお願い……ですか？」

リズベットが、不思議そうな表情を浮かべた。

まあ、お願いといっても大したことじゃ……いやいや、とても大事なことだとも。

「はい。あの日を経て再び出逢《であ》い、こうして婚約者として心を通わせることができて一年以上になります」

「はい」

「なのにリズベット殿は、いまだに『殿下』という敬称をつけておられます。僕は、それが非常にもどかしいんです」

少々回りくどいけど、何が言いたいかというと。

「帝立学園に入学するこの機会に、僕のことはルドルフと呼び捨てにしていただけると、その……嬉《うれ》しい、です……」

お願いの内容に恥ずかしくなり、僕の声はどんどん尻《しり》すぼみになり、最後には消え入りそうになってしまった。

いや、だってこれじゃ僕が、甘えておねだりしているみたいだし。そのとおりだけど、僕はもっとリズベットとの距離を縮めたいんだよ。

すると。

「あう……わ、私が殿下のことを、そのようにお呼びする、のですか……？」

普段の凛《りん》とした様子は鳴りを潜め、リズベットは顔を真っ赤にしてあわあわとする。

でも、何度も僕をチラ見していることからも、まんざらじゃないみたい。よかった、断られずに済みそうだ。

「あ！　でしたら、せっかくですのでお二人だけの愛称で呼び合うというのはいかがでしょう！」

よく言ったマーヤ。給金のアップは任せてくれ。

「あうあうあうあう……」

リズベットは恥ずかしさのあまり、両手で顔を覆ってしまった。

でも、こんな彼女も最高に尊い。

「せ、せっかくマーヤが提案してくれたんです。僕達も、期待に応えましょう」

さりげなくマーヤにサムズアップしつつ、僕は思案する。

といっても、リズベットと愛称で呼び合うことを想定して……というか、既に妄想の中ではリズベットのことを愛称で呼んでいたので、それほど違和感はない。口に出すのが恥ずかしいだけだ。

ということで。

「その……〝リズ〟、はいかがでしょうか……？」

「あう!?」

そう言った瞬間、リズベット……リズはひと際大きく可愛《かわい》らしい声を上げた。

くそう、可愛いかよ。

「ほらほら、次はリズベット様の番ですよ？」

「あうう……マーヤ、あなた面白がっていますよね？」

指の隙間《すきま》からジト目でマーヤを睨《にら》むリズベット。

マーヤもマーヤで、ものすごく悪い顔をしていた。だけど、今回はナイスだ。

「リズ……」

「あう……で、では……〝ルディ〟……様……」

「はう!?」

ルディと呼ばれ、僕も彼女に負けじと叫んでしまった。

この破壊力、シャレにならない。

「リズベット様、殿下は『様』を付けることも望んでおられないかと」

「お、お願い！　これ以上は勘弁してください！」

もう顔どころか、耳や手も真っ赤にさせたリズは、悲鳴に近い声で懇願する。

マーヤ、容赦ないなあ。でも、よく言った。

とはいえ、これ以上を求めるのはさすがに可哀想《かわいそう》になってきた。ここまでにしておこう。

「ありがとうございます。では、僕のことはこれからルディでお願いしますね」

「は、はい……ルディ、様……」

「はう!?」

リズベットが消え入りそうな声で告げる愛称に、僕はまたもや奇声を上げてしまった。

「それで……向こうはどうなっている？」

部屋に戻り、制服を試着しながらマーヤに尋ねる。

もちろん、ヴィルヘルムとロビン、そしてオスカルの状況について。

「ロビンに関しては、アリシア妃殿下と袂《たもと》を分かったことで、派閥に属する多くの貴族がオスカル派に鞍替《くらが》えしております。ただ……アンデション家は、ロビン派から離脱して以降、どの派閥にも属しておりません」

「……そうか」

婚約者であるシーラ嬢を蔑《ないがし》ろにした意趣返しに、真っ先にオスカルに寝返ると思ったけど、意外だな……。

「近々、婚約についても解消される見込みで、このことはアリシア妃殿下も受け入れておられます。ただ……」

「ただ？」

「あの男……ロビンは、婚約を解消できることを殊《こと》の外《ほか》喜び、学園内で喧伝《けんでん》しているとのことです。『これで、リズベットとの愛を妨げる障害はなくなった』と」

アイツ、本当に最低だな。

だから最近、リズへの手紙が際限なく送られてくるようになったのか。

その手紙は全部、マーヤが焼却処分しているけど。

「なら、婚約相手だったシーラ嬢は……？」

「特に目立った動きはありません。他の令嬢の開くお茶会にも参加されているようですし、ロビンとの婚約解消についても、気にされておられない様子です」

「そうか……」

そのことを聞き、僕は少しだけ安堵《あんど》した。

シーラ嬢との面識はないけど、それでも、婚約者に裏切られ、婚約解消になってしまってつらいはずだから。

もしこれがリズだったらと思うと、胸が張り裂けそうになるよ。

「次にヴィルヘルムについてですが、どうやらあの男の双子の兄……つまり、スヴァリエ家の長男のパトリックが、不慮の事故で亡くなったとのことです」

「亡くなった!?」

「はい。彼の乗る馬車が走行中に壊れ、そのまま外に投げ出されて谷底に落ちてしまったとのことです」

「そうか……」

だから『ヴィルヘルム戦記』では、ヴィルヘルムは長男だったんだな。

「最後に、オスカル殿下は順調に貴族の取り込みに成功しているようです。先ほども申し上げましたロビン派の貴族は当然のこと、フレドリク派の貴族も」

「それは……」

「やはり、軍事力でも勝るオスカル殿下が、皇位継承争いにおいて有利であると貴族達は判断したようです。加えて、アリシア妃殿下とロビンの確執も大きく影響しているかと」

なるほど、ねえ……。

本当に、まさかロビン一人にここまで振り回されることになるなんて、アリシア皇妃も予想外だっただろうなあ。

だけど、オスカルは二か月前のパーティー会場で、ロビンを派閥に引き入れたのは、ロビン派の貴族を取り込むためだと、はっきり言った。

一番の目的だった、アンデション辺境伯を逃したのは大きいだろうけど。

いずれにせよ、オスカルは勧誘を断った僕を、これからは敵とみなすだろう。もちろん、僕とリズに危害を加えるつもりなら、絶対に容赦はしない。

「ありがとう。さすがはマーヤだね」

「恐れ入ります」

マーヤは、傅《かしず》いて深々と頭を下げた。

普段の彼女は僕の頼みもあって気安く振る舞ってくれているけど、こういった本来の仕事の時には、優秀な諜報員《ちょうほう》としての姿を見せる。

「それでルドルフ殿下、今後はどのようになさいますか？」

「とりあえずは静観……と言いたいところだけど、ロビンが調子に乗ることは目に見えているし、オスカル兄上がこれ以上力をつけることも見過ごせない」

「では……？」

「僕達も、フレドリク派としてもっと積極的に動いたほうがいいかもしれない。そのためには、アンデション辺境伯をこちら側に引き入れようと思う」

どの派閥にも属していないのなら、フレドリク派……いや、ルドルフ派に引き入れることだって不可能ではないはず。

今回の件でアリシア皇妃とアンデション辺境伯の間に確執が生まれたとしても、僕達には関係がないからね。

帝国の武を担うファールクランツ侯爵と、西方の外交を一手に担うアンデション辺境伯。この二人の貴族がいれば、僕の動き一つで帝国内のパワーバランスをひっくり返すことができるんだ。

「かしこまりました。それでは、このことをお館《やかた》様にもお伝えいたします」

「うん。僕も訓練の時に話をするよ」

ファールクランツ侯爵との訓練は、リズベットに勝利した後もずっと続いている。

おかげで今は、百回に一回は侯爵に勝つことができるようになった。

もちろん、侯爵が手加減をしてくれているから、だけどね。

「さあ、これ以上リズを待たせるわけにはいかない。部屋に向かうとしよう」

「はい」

いつもの様子に戻ったマーヤを連れ、リズの部屋へと向かう。

そこには。

「わあああ……！」

「…………………」

制服姿のリズを見て感嘆の声を漏らす僕と、無言でこちらを凝視する彼女。

リズが可愛すぎて今すぐお持ち帰りしたいけど、彼女の瞳がまるで肉食獣のような光を放っており、逆にお持ち帰りされてしまうかもしれない。

「やっぱりリズは、誰よりも素敵ですね！　こんな女性《ひと》が僕の婚約者だなんて、僕は幸せすぎますよ！」

「ハア……ハア……あ、ありがとうございます。ルディ様も、とても素敵です……っ」

真っ赤になった顔を両手で覆うリズ。だけど、息遣いは荒いし、じゅるり、と涎《よだれ》をすする音が聞こえたんだけど。どうしよう、お持ち帰りされるのが現実になりそう。

「まあまあ、お二人共成人を迎えられたわけですし、別に順番が逆でも問題はありませんからね」

マーヤ、しれっととんでもないことを言ってくるね。

確かにそうかもしれないけど、せめて帝立学園を卒業するまでは、操を立てたほうがいいんじゃないかな。リズの様子を見れば、風前の灯火《ともしび》だけど。

とにかく。

「リズ……僕は、あなたと出逢えて、本当に幸せです。これからも、ずっとずっとあなたと幸せになりたい」

「私もです。ルディ様と出逢えたことこそが、私の至上の喜びです」

少し落ち着きを取り戻したリズの手を取り、見つめ合う。

歴史どおり暴君になるしかなかった僕が、前世の村人だった頃の記憶を呼び覚ましたことで、そんな最低な未来を退けたんだ。

そして。

「ルディ様……」

あの『ヴィルヘルム戦記』では僕を暗殺する〝氷の令嬢〟は、実はあの日出逢った運命の女性《ひと》で、今では世界一大切な僕の婚約者だ。

そう……この世界はもう、僕が知っている『ヴィルヘルム戦記』なんかじゃない。

だから僕は、この先の未来……いや、歴史を紡いでいこう。

この、不器用で頑固で、ちょっと愛が重い誰よりも愛《いと》しい女性《ひと》と共に。

「リズ、帝立学園に入学してからも、よろしくお願いします」

「こちらこそ、どうぞよろしくお願いします。私だけのルディ様」

僕達は、再びめぐり逢えた奇跡に感謝し、こつん、とおでこを合わせた。


時は今より三百年前の、バルディック歴一六八年。

西方諸国全土に巻き起こった動乱期において、類まれなる勇気と人望をもって活躍した一人の英雄の、始まりの叙事詩。


『真説・ルドルフ戦記　序章　～出逢い～』

ただの村人の僕が、
三百年前の暴君皇子に
転生してしまいました

～前世の
知識で暗殺
フラグを回避して、
穏やかに生き残り
ます！～

ルドルフ
ルドルフ

リズベット

マーヤ
マーヤ

ファールクランツ侯爵
ファールクランツ侯爵

オリジナルカバーイラスト特別公開!!

ただの村人の僕が、
三百年前の暴君皇子に
転生してしまいました

～前世の知識で暗殺フラグを回避して、穏やかに生き残ります！～

MFブックス

ただの村人《むらびと》の僕《ぼく》が、三百年前《さんびゃくねんまえ》の暴君皇子《ぼうくんおうじ》に転生《てんせい》してしまいました
～前世《ぜんせ》の知識《ちしき》で暗殺《あんさつ》フラグを回避《かいひ》して、穏《おだ》やかに生《い》き残《のこ》ります！～ 1

2023年11月25日　初版第一刷発行

著者　サンボン
発行者　山下直久
発行　株式会社KADOKAWA
〒102-8177　東京都千代田区富士見2-13-3
0570-002-301（ナビダイヤル）
印刷・製本　株式会社広済堂ネクスト
ISBN 978-4-04-683068-5 C0093

企画　株式会社フロンティアワークス
担当編集　齊藤かれん（株式会社フロンティアワークス）
ブックデザイン　AFTERGLOW
デザインフォーマット　AFTERGLOW
イラスト　夕子

本書は、カクヨムに掲載された「ただの村人の僕が、三百年前の暴君皇子に転生してしまいました～このままでは強引に妃にする予定の冷酷侯爵令嬢に暗殺される運命なので回避するために奮闘したら、すごく溺愛されました～」を加筆修正したものです。

この作品はフィクションです。実在の人物・団体・事件・地名・名称等とは一切関係ありません。

ファンレター、作品のご感想をお待ちしています

宛先
〒102-0071　東京都千代田区富士見2-13-12
株式会社KADOKAWA　MFブックス編集部気付
「サンボン先生」係「夕子先生」係

https://kdq.jp/mfb
パスワード
k68du

二次元コードまたはURLをご利用の上
右記のパスワードを入力してアンケートにご協力ください。

● PC・スマートフォンにも対応しております（一部対応していない機種もございます）。
●アンケートにご協力頂きますと、作者書き下ろしの「こぼれ話」がWEBで読めます。
●サイトにアクセスする際や、登録・メール送信時にかかる通信費はご負担ください。
● 2023年11月時点の情報です。やむを得ない事情により公開を中断・終了する場合があります。